ज्ञान गरिमा के
68 वर्ष

भारतीय
ज्ञानपीठ

णाणं
पयासयं
वीर नि.सं. 2470
ई.सन् 1944
भारतीय ज्ञानपीठ

रेखाएँ दुःख की

(दो उपन्यासिकाएँ)

रेखाएँ दुःख की

विष्णुचंद्र शर्मा

भारतीय ज्ञानपीठ

लोकोदय ग्रन्थमाला : ग्रन्थांक 1032

ग्रन्थमाला सम्पादक

रवीन्द्र कालिया

सह-सम्पादक

गुलाबचन्द्र जैन

ISBN 978-81-263-1943-5

प्रकाशक :
भारतीय ज्ञानपीठ
18, इन्स्टीट्यूशनल एरिया, लोदी रोड
नयी दिल्ली-110 003

मुद्रक : विकास कम्प्यूटर ऐंड प्रिंटर्स, दिल्ली-110 032

आवरण-चित्र : राधेश्याम अग्रवाल
आवरण-सज्जा : ज्ञानपीठ कला प्रभाग

दूसरा संस्करण : 2011
मूल्य : 120 रुपये

REKHAYEN DUKH KI
(Two Short Novels)
by Vishnuchandra Sharma

Published by
Bharatiya Jnanpith
18, Institutional Area, Lodi Road
New Delhi-110 003
e-mail : jnanpith@satyam.net.in, sales@jnanpith.net
website : www.jnanpith.net

Second Edition : 2011
Price : Rs. 120

अनुक्रम

रेखाएँ दुःख की

एक

क्या देखा करता हूँ! विपिन ने सोचा। विपिन बेचैनी में चुपचाप है। एक रोगी आता है। डॉक्टर उसकी आँखें, उसके कंठ और जीभ को देखते हैं। फिर स्टेथस्कोप से मरीज़ की साँसों की गति को सुनते हैं। डॉक्टर और मरीज़ के बीच एक पुर्ज़ा रहता है। जहाँ उम्र, नाम, रोग और उपचार यानी दवा के नाम होते हैं। फिर भी विपिन उस आँख को देख रहा है, जो सब कुछ खो चुकी है, न सुख की कोई चमक है, न दुःख की कोई कराह। डॉक्टर एक्सरे की सलाह देते हैं। और वह 13 वर्ष की बच्ची चुपचाप देखती है।

—कब से बुखार आ रहा है!

—नहीं पता।

—क्यों नहीं देखा...।

माँ बेटी को, बेटी विपिन को देखती है। वह चुपचाप एक पंक्ति ओंठों पर रख लेता है : दुःख ही जीवन की कथा रही।

दूसरे रोगी को या बीसवें रोगी को उसके जीवन की रेखाओं का पता नहीं। न ही डॉक्टर के पुर्ज़े में दर्ज है उसके दुःख का अनकहा कथानक!

दूसरा रोगी 18 साल का युवक है। सर्दी है। विपिन पुलओवर पहने है। रोगी महज़ एक कमीज़ पहने है। डॉक्टर उसकी गर्दन की गाँठ को छूता है। फिर दबा कर पूछता है, दर्द है।

—नहीं।

डॉक्टर एक्सरे की सलाह देता है। अपनी मुहर लगाता है। विपिन अफ़सोस करता है : कितना कम मैं जानता हूँ 18 साल के युवक को।

—साँस लेने में कभी तकलीफ़ होती है।

—नहीं, चलने में दर्द घुटने से गर्दन तक शिफ़्ट होता रहता है!

विपिन उसे फिर देखता है। डॉक्टर उसकी जाँच करता है। एक नर्सिंग होम में उसे भेज देता है।

युवक जब दवा लेने के लिए पुर्ज़ा लेकर धीरे-धीरे जाता है, विपिन सोचता है, 'दुःख की रेखाएँ' कितनी गहरी हैं। और कितना उथला हूँ उन रेखाओं के सामने मैं।

वह धीरे-धीरे हँसता है। कम्पाउंडर दवा तीन लिफ़ाफ़ों में रखकर हिदायत देता है। सुबह खाने के बाद। आधे घंटे के बाद दूसरी गोली। दूसरी शाम की। फिर आधे घंटे बाद यह कैप्सूल। सुबह तीसरी...

विपिन को हर रोगी की दवा की समय-सारणी याद हो जाती है।

डॉक्टर ने तीसरी औरत से कहा : बच्चे को कन्धे पर लो।

बच्चा तीन महीने का है। और माँ के कन्धे पर भी वह चीख़ रहा है। साँस चीख़ते-चीख़ते उखड़ जाती है उसकी। डॉक्टर उसे थर्मामीटर लगाता है। फिर दूसरा कम्पाउंडर उसे ऑक्सीजन देता है। बच्चा दमे का रोगी है। साँस के दबाव से चीखता है वह।

विपिन अपनी भावुकता पर भीतर-ही-भीतर हँसता है। पर उसकी हँसी, भीतर कहीं दब जाती है, जब माँ आकर डॉक्टर को बताती है...।

क्या रोग जानने से मैं दुःख को कम कर सकूँगा! क्या डॉक्टर जीवन का सुख दे सकेंगे!

दो

—विपिन जी...।

—हाँ, बोल रहा हूँ! कैसी हैं।

वह 73 साल की हैं। बेटा इंजेक्शन (इंसूलीन का) लगा कर चला गया है। वह केमिस्ट्री का रीडर है विश्वविद्यालय में। बहू हिन्दी की प्रवक्ता है विश्वविद्यालय के एक कॉलेज में। बड़ा पोता इंजीनियरिंग में चुन लिया गया है।

—आँख काम नहीं करती। न टी.वी. देख सकती हूँ, न अख़बार। बहू चाय दे गयी है। लाठी लेकर बड़े कमरे से बालकनी तक घूम आयी हूँ। न कोई है, न टेलीफोन नम्बर देख पाती हूँ।

—डाइबटीज बढ़ गयी है?

—क्या पता, जाँच नहीं हुई। जब ये थे, तो डॉक्टर को फोन करते थे। फिर ड्राइवर आता था और नर्सिंग होम चली जाती थी इनके साथ।

—उन की जो बातें याद आएँ वह बोलकर लिखवा दें।

—कोई आये तब लिखवाऊँ। वह त्रिपाठी आता था, फिर तिवारी आते रहे... मुल्कराज आनन्द तब हमारे घर आते थे।

थक गयी या फोन कट गया। विपिन सोचता, वे अचानक फिर 22560180 नम्बर याद करेंगी। अचानक फिर उन्हें मेरी याद आएगी। यानी लक्ष्मी पतली-दुबली, हँसमुख काम करने वाली आया आएगी। तब वह मेरा नम्बर पूछेगी लक्ष्मी से। कौन इस उम्र में जीवन को सुखी बना सकता है! सुख क्या होता है, क्या वह अकेले में यही सोचती हैं?

फोन की घंटी घनघनाई।

—बाबूजी फोन...सेठानी ने पोछा लगाते हुए मुझे आवाज दी।

—मैं बोल रहा हूँ।

—दिलीप हूँ बाबूजी। दुर्गापुर से।

—क्या लिखा है दिलीप!

—बाबूजी परेशान हूँ। पत्नी की छाती की हड्डी में दर्द था। कई दिन बुखार चढ़ा रहा।

—यहाँ सभी जाँच, खून, कफ, हड्डी की हो चुकी है। कुछ नहीं पता चला।

—क्षय रोग के...टी.बी. के डॉक्टर को दिखाया है।

—आशंका है कि टी.बी. है। अभी मायके गयी है।

—बेटा...

—डेढ़ वर्ष का बेटा भी साथ गया है।

—वहाँ गाँव, बाँसघाट में कौन देखेगा उसे।

—माँ। मेरी सास हैं, ससुर हैं एक बड़े अस्पताल में। एक कहानी लिखी है। क्या आप देखना चाहेंगे। अनुवाद बंगला भाषा से हिन्दी में किया है। कुछ पेंटिंग भी बनायी है।

—आय।

—एल.आई.सी. का काम करता हूँ सारे दिन। उससे कुछ रुपए मिल जाते हैं। एक कहानी नये कथाकार की स.मा.साहित्य में भेजी है, वहाँ से बब्लू जी का पत्र आया है, वह कहानी का अनुवाद छाप रहे हैं!

—दिलीप डायरी लिखा करो और मुझे भेजते रहना।

—दुर्गापुर में मन नहीं लगता...

विपिन चुप रहा। कैसे एक बेकार पति का मन लगेगा जिसकी पत्नी टी.बी. की मरीज़ है। बेटा...

फोन दुर्गापुर से किया था। कभी सुबह घूमता था वहाँ। कई सँकरी गलियाँ, दुर्गापुर का हर मोड़ याद आ गया विपिन को।

तभी दरवाजे पर पैंट और टॉप पहने एक लड़की आयी, "बाबाजी"।

—बोलो।

—बेलपत्र दे दें।

—क्या खाएगी।

—हाँ...फिर हँसी। आज शिवरात्रि का व्रत है।

बेलपत्र तीन होते हैं। न कटे हों, न खंडित। विपिन ने सात बेलपत्र तोड़े और उसे देखा। वह फिर हँसी।

—क्या दिन भर व्रत करेगी, निर्जल!

—निर्जल क्या होता है।

—बिना पानी पिये, बिना खाये, शिव का जाप करना...

—नहीं मैं नहीं रहूँगी भूखे प्यासे!

वह हँसती हुई चली गयी। विपिन सोचता रहा यह भी एक तरह का 'सुख' है—प्रभु से संवाद करने का सुख।

सुख या दुख क्या रात और दिन-से एक दूसरे के विरोधी होते हैं। बुद्ध की निगाह दुख पर थी। विपिन एक क़तरा सुख खोज रहा है डॉक्टर की डिस्पेंसरी में। रोगियों के जीवन में। क्या रोगी और बेकार आदमी का कोई सुख होता है?

तीन

कार आकर दरवाज़े पर रुक गयी है। सँकरी गली है। विपिन ने दो दिन बाद गुलाब की झाड़ी में एक, दो, तीन फूल देखे। रंग चटक है। हवा शान्त है, इसलिए 'स्टिल पेंटिंग' के थमे हुए फूल हैं! क्या थमी हुई हँसी उसके चेहरे पर थी, जब उसने पूछा : सुख क्या होता है!

—खुद को एकाग्र करने पर जो मिलता है, वह सुख है।

—यह आपके अनुभव की कहानी है।

मुझे याद आया। शादी के बाद वह कितनी खुश थी। उतना ही उत्साह था, उससे अधिक आत्मविश्वास। उसने लम्बी प्रतीक्षा की थी, तब उसे डॉक्टर पत्नी मिली थी। जब तक वह घूम कर आते थे—मैं उनके सुख की रेखाएँ देखकर तृप्तिकर हँसी पर सोचा करता था।

लम्बे समय बाद कार आकर रुकी है। डॉक्टर का मझोला क़द। बाल पक गये हैं। शर्ट उजली। जेब में बन्द मोबाइल। चेहरा गोल। हँसमुख।

डॉ. श्रीमती पुनीता सलीके से साड़ी पहने हुए। कभी विपिन को कभी आलमारी में रखी किताबों को देखती है। मुझे ग़ालिब याद आये—बाद मरने के मेरे घर से ये सामाँ निकला। विपिन ने सोचा वह नहीं है मैं हूँ और उसके बाद का घर वाकई भूत का डेरा है।

डॉक्टर ने कहा—आप बैठें, यह चाय या कॉफी बनाएँगी।

—मैं बता तो दूँ, दूध, कॉफी, चीनी।

हँसीं श्रीमती डॉक्टर। बहुत समय बाद खाली बड़े कमरे में एक हँसी गूँजी। मैंने डबल बेड देखा, जाला कहाँ-कहाँ खिला था, शेरू अब इसी बड़े कमरे में जहाँ डबल बेड है, सोता है। या बिस्तर पर रगड़ता है अपनी पीठ उसके बाल झरते हैं चादर पर।

वह आख़िरी बार यहीं दर्द से कराही थी। फिर...

विपिन ने डॉ. पुनीता को देखा। रेखाएँ उसके चेहरे पर आ जा रही थीं। कमरा नीचा है। बड़ा है पर...। ख़ाली कमरे में वह एक बार रुकी। कुछ पैकेट रखे वहीं।

विपिन ने किचन का गैस चूल्हा दिखाया। चीनी का डिब्बा दिखाया। कॉफी

की शीशी रखी। शीशे के चार कप। उसके बाद खरीदे थे, दो डॉ. पुनीता को दिखाए।

—आप चलें...

उसने फिर किचन को देखा, वहाँ एक महिला, वह भी डॉक्टर पुनीता।

तभी शेरू ने अरणव से दोस्ती गाँठ ली। वह शेरू का 'पैट' बन गया। दोनों खेलते रहे अमरूद के नीचे फिर गुलाब के पास। फिर शेरू ने नयी उछाल ली घिया की लता तक। और अरणव उछला उसके साथ-साथ।

डॉ. रत्नेश को चार्टेड अकाउंटेंट के पास जाना था। ज़रूरी आयकर के काग़ज़ात तैयार कराने। काफी पीते हुए वह ब्रेड-पनीर का पकौड़ा, जलेबा देखकर ख़ुश नजर आये। लम्बे समय बाद इस तरह टेबल पर प्लेटें सजायीं थीं डॉ. पुनीता ने।

अरणव ने ब्रेड-पनीर चखा। ठण्डा हो गया था। डॉक्टर ने कहा—गरम गरम लाए थे...पुनीता ने जलेबा चखा।

विपिन ने डायबिटीज के रोगी के नाते सिर्फ़ एक टुकड़ा चखा...

—बनारस में जलेबा वाकई अच्छा बनता है। यहाँ जलेबी में मैदा मिलाया जाता है।

—हाँ न गर्म है, न रस भरा है।

फिर पैकेट खोलकर लायी डॉ. पुनीता मट्ठी,...सकरपारे...आलू चिप्स और बहुत कुछ।

दो कप में कॉफी और दो गिलासों में। एक गिलास अरणव ने उठाया, एक डॉ. पुनीता ने।

विपिन सोचता रहा—जब वह थी तो सुख उसके साथ था। आज डॉ. पुनीता नारी रोगों की विशेषज्ञ हैं।

एक दिन वह उसे ले गया था। बिल्डिंग मैटेरियल की दुकान में वह कर्मचारी है। वह सरिया, रेता, ईटें बेचता या सप्लाई करता था। उसकी पीठ पर कूबड़ था। कद नाटा। उस दिन उसने ईटों से भरी बुग्गी रोकी—नमस्ते के लिए दोनों हाथ उठाये।

—कुछ परेशान हो। विपिन ने पूछा।

—पत्नी की बच्चेदानी बाहर निकली है।

—डॉक्टर को नहीं दिखाया?

विपिन ने उसी दिन डॉ. पुनीता से कहा—वह कुछ दे नहीं सकेगा। इसकी पत्नी की बच्चेदानी...।

—ले आएँ। मैं देख लूँगी।

वह रिक्शे पर आयी। फिर डॉक्टर पुनीता ने देखा। दवा दी और एक अस्पताल में उसे ऑपरेशन के लिए भेज दिया।

पुनीता आज न बहुत ख़ुश नज़र आयी। न उदास। सिर्फ़ गहराई से सब कुछ देखती रही।

—आपकी रुचि की पुस्तकें क्या हैं?

—आत्मकथाएँ।

मैंने आलमारी से कुछ आत्मकथाएँ निकालीं। उसने मेरी पुस्तक 'मुक्तिबोध की आत्मकथा' पढ़ने के लिए रख ली।

तभी आया, अरणव मेरे लिए...

विपिन ने 'तिलक की जीवनी' दी उसे।

तभी डॉ. पुनीता ने पूछा—सुख क्या होता है। चालीस बसन्त बीते हैं। उसके...

विपिन डिस्पेंसरी के देखे एक-एक उदास चेहरों में खो गया। याद आयी उस दिन तीन साल के बच्चे को 104 डिग्री बुखार था। उतर नहीं रहा था। डॉक्टर ने बर्फ़ की पट्टी सर पर रखी और लगातार चार घंटे उसको देखते रहे। चार घंटे बाद बच्चे के चेहरे पर हँसी की रेखाएँ नज़र आयीं, आँख और होंठ पर चमक।

विपिन ने पुनीता को देखा—किस सुख की तलाश में हो। अपनी गृहस्थी है। सास, ससुर। अपनी डिस्पेंसरी। ड्राइवर। सुन्दर सँवरा घर।

उस दिन विपिन ने अचानक फोन किया था डॉ. पुनीता की आवाज़ में ज़रूर बेचैनी थी।

विपिन ने पूछा था : कहाँ है डॉक्टर रत्नेश।

—बत्रा अस्पताल में।

—क्या हुआ था पिताजी को?

—कुछ नहीं। अचानक चेस्टपेन हुआ। यह दवा देकर जा रहे थे डिस्पेंसरी। पर जाना पड़ा बत्रा हॉस्पिटल। अभी वहीं हैं। पर हालत ठीक है पिताजी की।

—मैं डिस्पेंसरी गया। बेंचें खाली थीं। कम्पाउंडर कुछ मरीज़ों को पुरानी दवाएँ पुर्ज़ा देखकर दे रहा था।

—क्या हुआ!

—पिताजी बत्रा अस्पताल में हैं। वह वहीं है।

मैंने फिर खाली डिस्पेंसरी में तीनों कम्पाउंडरों को देखा। और घर लौट आया। फिर फोन किया। पर बेटे अरणव ने इतमीनान से बताया—अंकल दादाजी अब ठीक हैं। कल आ जाएँगे घर। आप...

मुझे इतमीनान से दादा की हालत बताता हुआ अरणव याद आया।

अब कल शेरू के साथ खेल रहा है।

और डॉ. पुनीता पूछ रही हैं—सुख क्या होता है? विपिन जी।

फोन आया। अच्छा नहीं लगा। सुख पर सोचने की जगह यह...

—हाँ, मैं...

—आपने पूछा था तब सोचा नहीं था कि हड्डी की वजह से दर्द रहता है। पुट्ठे में या कभी-कभी चेस्ट पेन...

—तो डॉक्टर ने क्या कहा?

—डॉक्टर कहते हैं, दर्द कम्प्यूटर पर लगातार काम करने से हो जाता है...

—कोई एक्ससाइज़ बतायी है डॉक्टर ने...

हँसी खुली, हा...हा...हा...

—मुम्बई से भाई ने आपको फोन किया था...

—हाँ एक मित्र अचानक...

—क्या...फिर बात करूँगा, उसकी बाईपास सर्जरी हुई है, अब घर आ गये हैं।

फोन पर मेरी बातचीत सुनती रही पुनीता जैसे मैं एक केस हूँ...। कहा :

—बहुत व्यस्त रहते हैं!

—व्यस्त रहने में ही सुख मिलता है।

—सुख, हाँ सेवा करने से या प्रार्थना करने से मन में तनाव नहीं रहता है...

—पर सेवा करने के बाद। या रचना करने के बाद भी तनाव रहता है...आप घर और डिस्पेंसरी में सुखी रहती हैं...?

एक बार चेहरे पर कुछ रेखाएँ बनीं या मिटीं। फिर हँसी जैसे कुछ सोच रही हो भीतरी बात, अस मानस चख चाही...विपिन ने भीतर रख ली यह बात। मानस तो डॉ. पुनीता की डिस्पेंसरी में भी रहता है। घर के काम-धाम में। बेटे से बातचीत करने में भी मानस कुछ रचता या बदलता या काटता है। क्या उसका अवचेतन जाना जा सकता है। क्या भीतर की दुनिया में दुख की रेखाएँ नहीं बनतीं। क्या बनी हुई रेखाएँ ई.सी.जी मॉनिटर चार्ट पर देखी जा सकती हैं। तभी आये डॉक्टर रत्नेश।

अरणव को शेरू के साथ देखकर हँसे। पुनीता ने दोनों को देखा।

—आप लोग कभी सिनेमा नहीं जाते!

हँसी पुनीता, सिनेमा कहते हुए वह अपने, बीते दिनों की डायरी उलट गयी।

—कश्मीर तो आप गयी हैं।

—हाँ, वहाँ दिन भर घूमते थे डॉक्टर और मैं।

—फिर एक गाना नहीं गाती थी।

'गाना' कहकर हँसी डॉ. पुनीता जैसे तस्वीर में देखी नदी याद आ गयी हो।

—गाना भी यह गाती है। सिनेमा भी इन्हें देखना अच्छा लगता... था। कहकर फिर सुख का अपना अलबम उलटने लगी डॉ. पुनीता।

चार

शम्भुदत्त

विपिन

हाँ बोलो।

—अरे, जीवित हूँ...हँसी का रेला हा...हा...हा... बब्लू का चेहरा याद है। पतला दुबला। लम्बा शरीर। हँसमुख आँखें।

—कहाँ है?

—अपने को पूरी तरह तबाह कर दिया था। गाँजा पहले सिगरेट में भरकर पीता था। फिर शराब के नशे का दौर शुरू हुआ। घाट किनारे वह घनी दाढ़ी का रमता बाबा याद है कथक। उसके यहाँ अखंड गाँजा का जाप चलता था। फिर वह आयी थी कहीं से। लम्बा कद रंग खुला हुआ दपदप रंग। तूने देखा था। कभी-कभी घाट पर बैठती थी हमारे साथ।

—उस समय हर विद्रोही नशा पीता या नशे का प्रयोग करता था।

—उसी प्रयोगशाला में फिल्म बनाने लगा था बब्लू। वह भी महज 'ब्लू फिल्में'। नंगी... और संभोग...

—कहाँ है?

—था। कभी घाट की सीढ़ी पर बैठ जाता था। खड़ा नहीं रह सकता था। पैर मर चुके थे। घिसट-घिसट कर कुछ विदेशियों के फोटो खींचता था। वह कुछ डालर दे जाते। उसी दौर में एड्स का रोगी हुआ।

—मुझे क्यों बता रहा है?

—वह तुझसे मिलना चाहता है।

—तू क्या कम है! उसकी घाट की फोटो। घोड़ों को दाना पानी की फोटो। फिर नंगे जिस्म की फोटो...या

—मैं मुम्बई जा रहा हूँ। एक किताब का अनुवाद वहाँ रहकर करूँगा। सत्यजीत रे की कुछ खोज भरी कहानी है इस पुस्तक में। तुझे याद होगा। आशू भट्टाचार्य। तबला वादक।

—हाँ, मेरी आँव की बीमारी का वह इलाज कर चुके हैं। एक बार उनकी संगत में बनारस के सभी बड़े कलाकारों से मिला भी था।

—तो बब्लू अब आशू बाबू की दवा से चलने-फिरने लगा है। संगीत पर मेरी पुस्तक के सारे फोटो उसी ने बनाये हैं। अब वह दस कलाकारों की ज़िन्दगी पर शोध करके एक पुस्तक-फोटो कथा लिख कर तुझे दिखाना चाहता है।

—मैं क्या जानूँ फोटो या कलाकारों की भीतरी ज़िन्दगी। मंटों के संस्मरण पढ़े थे या बाल्जाक और जोला की 'रात की कहानी' वह भी तुझ से लेकर पढ़ी थी।

—वह अपनी और उस दौर की नंगई या विद्रोह के तेवर पर एक बार फिर 'नीलपत्र' निकाल रहा है।

—मैं अब नंगी तस्वीरों या बाज़ार में बिकने वाली सनसनीखेज़ कलाकारों की कहानी में समय दे नहीं सकता हूँ।

—विपिन जीवन में लगे रहने के लिए यह काम मैंने ही शुरू उससे किया है, तू ही उसे धैर्य से समझ सकता है।

—अभी 'इप्टा' के एक कलाकार की शोक सभा से आया हूँ। मंच पर तना था सफेद चन्दोवा। तबला वादक ठीक बजा रहा था। निर्गुण गा रहे थे मधु। वह कबीर के निर्गुण गा रहे थे और नीचे गद्दे पर चाँदनी बिछी थी उसी पर बैठे सजे-धजे चेहरे देख रहा था मैं। यह कलाकारों की बस्ती थी। पड़ोस कुलीनों का है। एक व्यक्ति लम्बे समय तक अमेरिका में प्रोफेसर रह कर अब भारत आ गये हैं। 'नर-नारी' उनका मोटा उपन्यास है। उनके पास बैठे थे गोरे से प्रो. तिवारी।

—यह दिल्ली-सभ्यता का एक कोना है। प्रोफ़ेसर, कलाकार और कवि का एक कोना है जहाँ मेरी कोई गति भी नहीं। रुचि भी मिलती नहीं है मेरी उनसे फिर एक शुरुआत जब उस दिल्ली सभ्यता से होती है, तो उसमें शरीक होने की कामना, तुममें भी रहती है और बब्लू ने तो उसी सभ्यता की नकल करने में अपनी पूरी ज़िन्दगी धीरे-धीरे नष्ट कर दी।

—नहीं विपिन, मेरी बस्ती के एक सम्पन्न वर्ग ने अभी अपनी मंज़िल से कूद कर आत्महत्या की है। बब्लू की निराशा उस हद तक आत्महत्यापरक नहीं पहुँची है।

पाँच

बब्लू

बड़े भाई विपिन जी,

नहीं जानता, आप मेरी आवाज़ सुनना भी चाहेंगे या नहीं। मेरी बगिया में इस समय गुलाब की बहार है। मैं उनकी शाखाओं को तराशता नहीं हूँ। शायद यह तराशी हुई सभ्यता को परखने का मेरा एक स्वाभाविक या प्राकृतिक प्रयोग हो। जैसे कभी गली के मोड़ पर खड़े होकर कुत्ते और भीख के लिए लड़ते हुए बिरादराना संघर्ष की फोटो खींचता था और सोचता था, यह उस सभ्यता के तिलिस्म से बाहर आने का एक सिलसिला है। यह सिलसिला था और है भी पर उनकी गरीबी और मेरी ग़रीब बस्तियों, भिखारियों के रैनबसेरों की फोटो खींचने में बड़ा अन्तर है। मैं अपनी फोटो बेचता था, वह शाम गाँजा या ठर्रा पीकर गाते थे। वह तब एकवस्त्रा औरत चौराहे पर-ठीक लैम्पपोस्ट के नीचे खड़ी होकर देखती थी—फिर हँसती थी और मैं उसकी जब फोटो खींचता था, तो वह एक फिल्मी अन्दाज़ में कूल्हे मटका कर नाचती थीं। मेरी पहली फोटो तब दिल्ली में खूब चर्चित हुई थी। आज भी मेरी बगिया से गुलाब बेतरतीब खिल रहे हैं या मेरी तरह बहक रहे है या झूम रहे हैं और मैं आपके सामने अपनी कहानी

शुरू करना चाहता हूँ। जाने कितनी बार यह शुरूआत की। जाने कितने सुख 'कमाए' इसी बीच। जाने आज जब अपने पैरों पर खड़ा होकर यह ख़त लिख रहा हूँ, तब भी पिछली ज़िन्दगी को दफना कर क्या नयी शुरूआत कर रहा हूँ। या पिछली शुरूआतों की तरह यह भी एक 'प्रयोग' था—असफल प्रयोग। जैसे बुर्जी से गंगा में कूदना। जैसे रमता बाबा के साथ रात-रात भर गाँजे का दम लगाना। जैसे लम्बी मौत के बाद उठकर अपने आपसे बात करना...

हाँ मेरे रमता बाबा फोटोग्राफर भी थे। एकान्त में कथक के उस्ताद और चित्रकार भी। पर कोई, मेरे अलावा यह नहीं जान सका वह केदारघाट पर बैठकर कब फोटो खींचते थे, कब चित्र बनाते थे, कब उनको इस एकान्त में सुख मिलता था। आज आपको यह पत्र लिखते समय बाबा की आख़िरी यात्रा याद आ रही है। यों तो वह ख़ुद तुलसी दल मुँह में रखकर नंगे फर्श पर लेट गये थे, गंगाजल मुँह में डाला था, हिचकी जब आयी थी, मैं तभी उनके पास आया था, आशू बाबू ने नब्ज़ देखी थी मेरी पीठ पर हाथ रखा था। और रविशंकर की कोई धुन गुनगुनाते हुए चले गये थे। बस जाते समय लेटे हुए बाबा की चादर से उनका मुँह ढाँक दिया था।...

नहीं इस बात के लिए, मैंने आपसे बात करने का अवसर नहीं खोजा है। याद है! स्टेशन पर ट्रेन के यात्री से वह औरत एक ही बात पूछती थी : 'प्रयाग जी जाएगी यह ट्रेन' आपने उसको एकवस्त्र में गौर से देखा था और वहीं बैठ गये थे। वह घिसट-घिसट कर दूर हो जाना चाहती थी। वह जब घिसटती तो मवाद या लेसदार पानी की एक छाप वह फर्श पर पीछे छोड़ जाती थी।

आप फिर भी उससे दूर नहीं हुए थे। मुझे याद है आपने उसका चेहरा उठाया था। आँखें उसकी नम थीं। पूछा था—'मरने जाना चाहती हो प्रयाग जी।'

वह चौंकी थी। फिर सिमट कर रह गयी थी—एक गठरी की तरह। मुँह-पैर के बीच चेहरा छिपा था उसका।

—चेहरा छिपाने से यह रोग नहीं छिपेगा।

—इस रोग से कोई बचा ले शायद प्रयाग जी में।

—कोई जब वहाँ गाँव में नहीं बचा सका, तो वह रोती रही थी फूट-फूट कर। उसे न आपने ढाँढ़स बँधायी थी, न डाँटा था। न पूछा था, गर्भ गिराकर आयी है या सुजाक का रोग फैला रही है। बस आपने मुझे देखा था और कहा था : रमता बाबा से कहना, इसे बचा लें। वह फिर वहीं रहने लगी थी। आशू

बाबू ने उसे सचमुच बचा लिया था। बाबा खीझते थे। कभी-कभी आँख बन्द कर लेते थे। पर जब वह अपने दमकते रूप से उनको देखती थी और रोटी पोकर देती थी तो कहते थे—'द्रौपदी गन्धक की नहीं थी। तू दूसरी द्रोपदी है।'

आज न बाबा है बस एक माँ जरूर है। बिना मुझे जने मेरी माँ। पर जब सीढ़ियों पर घिसट-घिसट कर लुढ़क जाता था, तो वही खोजकर लाती थी मुझे।

'गाँजा पीएगा, ले पी'—वह बनाती थी। सिगरेट में भरती थी। पर जब दस दिन नहीं आता था, तो वह एक-एक अस्पताल में, मुझे खोजती थी। जिस दिन आशू बाबू की दवा से मैं अपने पैर पर खड़ा हुआ। वह उसी दिन मेरे पास बैठकर पैर और सिर झँसने लगी थी। पहली बार उसने पूछा था—'बब्लू बेटे सुख मिलता है तुझे जिस नशे में, मैं वही रस बनाऊँगी, बस तू अपने पैर पर खड़ा हो जा...नहीं मुझे मत देख...बाबा गये...मैं भी चली जाऊँगा...बस तू मेरे सामने रह। फोटो खींच। बाबा की बनी पेटिंग देख या मुझे...'

उस दिन के बाद मुझे लगा बहुत भटक लिया...अब एक माँ है सुन्दर-दप-दप रूप, गहरी भाव-भरी आँखें, मीठी वाणी। उस दिन उसका गाना सुना था—बाबा घाट से आ गये थे। वह भूल गयी थी गाते हुए सब कुछ।

बाबा ने खड़ाऊँ उतारी थीं। खँखार कर अपनी उपस्थिति दर्ज की भी थी।

तब से बाबा और उसकी उपस्थिति दर्ज है और मैं फिर एक नया जीवन शुरू करने आपके सामने आया हूँ...

न अब अपने सिनेमा के मालिक खत्री बाबू का विरोध याद है। न विरोध में अपना घर छोड़ने की याद है। चाचा बुलन्द है। साड़ी की कोठी है बनारस में पर सिंगापुर में कभी उनके पास भी नहीं गया। बस सिनेमा के कर्मचारी मुझे असली मालिक मानते हैं। पिता की जब चिता सजा रहा था, तब पहली बार उनकी 'कोठी' में पैर रखा था। पहली बार सौतेली माँ को देखा था—चूड़ी तोड़ते हुए।

नहीं कोई अफ़सोस नहीं है। न पिता को छोड़ने का। न भटकते हुए फोटोग्राफी करने का, न नीलपत्र के जरिये नयी शुरूआत करने का।

कोई आज बड़ी उम्मीद भी नहीं है, बस एक संवाद की अपनी-बातचीत की ज़मीन बनेगी, एक माहौल इस दमघोटू दौर में भी बनेगा, यही एकमात्र इच्छा है अपनी। आपने उसी इच्छा को बार-बार बनाए रखा...। जब उस दिन मैं घिसट-

घिसट कर आपसे दूर भागे जा रहा था, तब भी मुझे लगा था, संवाद आपसे ही सम्भव है। आपके सामने आते ही फिर यह डर की रेखा भी कौंध गयी थी—कि कितनी लचर, कितनी वाहियात है दुख की रेखाएँ। थीं मेरी या रही...। उस दिन मैं भागा था, क्योंकि अपने पैर, अपनी वाणी, अपना अस्तित्व ही लुंजपुंज हो चुका था, आज आपके सामने हूँ—सीधा संवाद करने के लिए। बब्लू आपका।

छह

"आज आपको अपनी बहिन भावना से मिलाना चाहती हूँ।" फोन पर डॉ. पुनीता की आवाज़ विपिन ने पहचानी। मैंने पूछा—"कहाँ?"

"यह आप पर निर्भर करता है, मेरे घर या डॉक्टर की क्लीनिक में?"

'ठीक है' विपिन ने कहा और विस्मय के साथ फोन की आकृति को देखता रहा जैसे वहाँ एक आकांक्षा बन्द हो। उस दिन जब डॉ. पुनीता ने पूछा था, 'सुख क्या है?' तो विपिन एक बार अपनी बगिया के फूल गुलाब को देख रहा था, जहाँ न दुख की रेखा थी, न सुख की बहार...

तभी दरवाज़े पर एक दस्तक हुई। विपिन ने देखा, एक पैंट और शर्ट में आदमी खड़ा है। चेहरा गोल है। सिर्फ आँख पर काला चश्मा है। हाथ में एक सफेद छड़ी है जिसे वह बन्द करने जा रहा है।

'कहिए' विपिन ने थोड़ी खीझ के साथ पूछा?

'मैं सिर्फ पाँच मिनट आपका लूँगा।' उसने वाकई छड़ी मोड़ कर हाथ में रख ली थी।

'आप विपिन जी हैं? आपके साथ एम.ए. में कभी एक लड़की पढ़ती थी। भावना...'

थोड़े विस्मय के साथ उसके मुँह से भावना का नाम उसने सुना। सोचता रहा वह तो संगीतज्ञ की पत्नी थी। पर पूछा नहीं। गौर से उसे देखता रहा। फिर अपनी भूल पर अफ़सोस करते हुए आगे हाथ बढ़ा कर उनका हाथ थामा। वह

धीरे-धीरे एक-एक सीढ़ी उतरा तीसरी सीढ़ी पर उसने कुछ पैर से टटोला। हाँ, पक्की फर्श है उसने ठीक अन्दाज़ लगाया।

कमरे में एक तख़्त है। एक कुर्सी थोड़ी आरामदेह। एक सोफ़ा जिस पर पत्र-पत्रिकाएँ और फोन पड़ा है। विपिन ने एक सीढ़ी चढ़ने के बाद उसे तख़्त पर बैठाया।

'भावना' उसने अनजाने में यह नाम लिया...

'हाँ भावना से आप आज यहीं मिलेंगे!'

'आपको कैसे पता लगा?'

'मैं ही वह संगीतज्ञ हूँ'

'यानी भावना के टीचर और प्रेमी...'

'और तलाकशुदा पति।' उसने जोड़ते हुए कहा और खुलकर हँसा। 'तब मैं घाट के पास बन रहे मुमुक्ष भवन में रहता था।'

'मुमुक्ष भवन तो' मैं फिर चौंका।

'हाँ मनोविज्ञान के प्रोफ़ेसर मुसाफिर सिंह का यह घर था। वह मेरे मित्र और गाँव के भाई हैं।

'चिरई गाँव आपका गाँव है' मैंने पूछा!

'कभी मेरा गाँव था चिरई गाँव! वहाँ एक वारदात हुई थी मेरा भाई वहीं फोटोग्राफर था।...

'कहें, मैं सुन रहा हूँ।'

'कहना कुछ नया नहीं है, क्योंकि वह बब्लू आपके पास आ ही रहा है।'

'आप यहाँ कब से रह रहे हैं?'

'तीन साल से।'

अभी बात चल ही रही थी कि फोन आया। विपिन ने फोन पर पहचाना पुनीता को।

तभी वह उठे। 'मैं फिर आऊँगा। आपको बहुत परेशान नहीं करूँगा।' विपिन ने फोन पर पुनीता से कहा—'एक व्यक्ति को बाहर छोड़कर आऊँगा, फोन आप होल्ड करें।'

विपिन ने न उनका नाम पूछा। न यह जाना, आप को सूचनाएँ मेरी, भावना की, बब्लू की, पुनीता की कहाँ से मिलती हैं। वह ज़रूर रुके रहे कुछ क्षण। फिर छड़ी खोली और बीच सड़क से एक ओर इत्मीनान से चलने लगे। कैसे

एक अन्धा व्यक्ति इसी दुनिया में रहता है, अपनी जमीन तैयार करता है, अपनी आय का ज़रिया खोजता है? सारे सवाल उसके जाने के बाद विपिन ने जेब में रख लिये।

फोन पर इस बार एक पहचानी-सी आवाज थी, 'पहचानाऽऽऽ' हँसी और बेहद खुली हुई हँसी।

'भावना। लम्बे समय बाद भी तुम्हारी आवाज़ में एक ठसक है।'

'तो, तुम्हें तुम्हारे घर में देखने आ रही हूँ।'

'बिन गृहणी घर भूत का डेरा' कहा ही जाता है। यहाँ तो आज महीनों बाद जाला साफ किया है। फिर भी घर है...

'तुम नहीं आप' फिर फिर हँसी, 'चलो तुम ही कहूँगी। घर पर रहोगे या झोला उठाकर...।'

'अब न झोला है, न घूमने का उत्साह।'

कुछ उदास आवाज़ में भावना ने पूछा। 'क्या बात है? मैं तो बड़ी उमंग के साथ आ रही थी पुनीता दीदी के साथ।'

'तो आओ। चेहरे पर कहीं उदासी नजर नहीं आएगी। हाँ, तुम अभी भी पाज़ेब पहनती हो या...'

हँसी। 'दुष्ट हो अभी भी।'

'चलो मेरी दुष्टई याद तो है। पर रहती कहाँ हो? यहाँ कब तक रहोगी? इधर क्यों नहीं आ जाती?'

'यही सोच कर दीदी यानी पुनीता से कहा है 'वह मुझे तुम्हारे घर छोड़ दे।'

'हो कहाँ?'

उत्तर में कार दरवाज़े पर रुकी। ड्राइवर ने कार का दरवाजा खोला। पहले उतरी सूट में भावना। टॉप और जींस पहने। बाल कटे और सँवरे हुए। फिर डॉ. पुनीता हँसती हुई उतरी।

'हाँ, मैं पुराने दोस्तों के बीच नहीं बैठूँगी। कल से सारे दिन आप की ही चर्चा कर रही थी।'

'यानी कितना दुष्ट था एम.ए. में।'

टोका भावना ने बीच में 'था नहीं हो। आज भी दुष्ट।'

पुनीता ने सफाई दी और कार उसे ले गयी।

सात

रूपचन्द

देख विपिन भावना को रहा था, पर बार-बार आँखों के सामने आ जाती थी उसकी आकृति गोल भरा-भरा चेहरा। सफेद पैंट, वैसी ही उजली बुशर्ट, जिसके दो जेब। एक जेब में था मोबाइल। दूसरा जेब न उसने टटोला, न मैंने पूछा।

—'तुम घर में हो...' वह हँसी, तभी मैंने उसे देखा।

—'तुम्हारी तरह घूमना चाहता हूँ पर...'

—'कौन रोकता है!'

—'भीतर का एक जड़ दिल-दिमाग!'

—'चलो भीतर दिल है। मैं तो लुंगी में तुम्हें देखकर सोचने लगी थी, ग़लत जगह छोड़ गयी पुनीता; हाँ, डॉक्टर पुनीता।'

—ग़लत तुम नहीं हो, पर वह अभी जब यहाँ था, मैं उसे ही भीतरी आँख से देख रहा था...

—न वह ग़लत था, न मैं...

—फिर

भावना ने अलबम खोला और तख़्त पर विपिन के पास बैठ गयी। वह लन्दन से आज ही आयी है। एयरपोर्ट से सीधे आना चाहती थी, पर डॉ. पुनीता ने कहा—बहुत उतावली तो कभी नहीं थी...

—अभी भी नहीं हूँ दीदी...

—चाय पी, घर में सामान रखा, बस पर्स और अलबम उठाकर यहीं आयी हूँ...

—खुश हुई...

—तुममें एक अद्‌भुत यात्री को देख रहा हूँ...

—तुमने ही कहा था, 'पृथ्वी तुम्हारे प्रेम या तनाव या संगीत से बड़ी है।'

—याद है, उस दिन तुमने पहली बार संगीत सम्मेलन में कथक...

—छोड़ो, कथक, प्रेम, तनाव अब यह अलबम तुम्हें दिखाने आयी हूँ। पर तुम्हारी 'दुष्टता' कहाँ गयी!

—घाट का वह 'रैन बसेरा' याद है। जहाँ तुमसे मैंने कहा था, तुम्हें नींद नहीं आती है, देखो चीथड़े पर पड़ा है वह। तुमसे जवान है भिखमंगी। अपनी गहरी नींद में है। कल कह रही थी, 'कैंसर क्या होता है।'

—हाँ, उसकी छाती पक गयी थी, तुमने उसे डॉक्टर को दिखाया था, डॉक्टर ने तुरन्त ऑपरेट कर दिया था, पर...

भावना का खिला हुआ चेहरा अचानक सख़्त हो गया। विपिन ने कई बार अलबम को खोला और बन्द भी किया, पर

—जिस अद्‌भुत यात्री भावना को डॉ. पुनीता छोड़ गयी थी यहाँ, वह कहाँ खो गयी है...

—विपिन...वह पिछले आठ साल से कोमा में है...आँखें भर आयीं। चेहरा सिकुड़ गया।

—वह यानी विभाष...बावला तेरा प्रेमी

—झूठ। तुमने ही मुझे बावला बनाया। वह हिम्मत पैदा की...

—तो विभाष को कहाँ छोड़ आयी...

—इधर वह चेहरों की फोटो खींचता था, ईराक, जापान, इंग्लैंड का एक बड़ा फोटो संसार उसका है। पर अब वह टेक्सास में दस साल से बन्द है, न मुझे पहचानता है, न अपने फोटो अलबम की तस्वीरों की पहचान है।

—तुम जब एयरपोर्ट से गयी थी, तभी उसने संगीत विद्यालय छोड़ दिया था। एक दिन बब्लू ने उसे मथुरा में देखा था, आज तुम्हारे आने के ठीक पहले...

—पता है, उसने एयरपोर्ट पर फोन किया था। वह चाहता था, वहीं मुझसे मिलना। डॉक्टर पुनीता ने बताया था या टालना चाहा था—'भावना, सादतपुर में विपिन के घर अभी पहुँच रही है।'

—तो डॉ. पुनीता ने उसको मेरा पता दिया था...

—विपिन मैं उससे मिलकर अतीत में नहीं जाना चाहती...वह एक बन्द दिल-दिमाग का संगीतज्ञ है...बीमार और कुंठित और हद दर्जे का शक्की...।

याद है उसने ही तुम्हें पाजेब पहनाई थी और तुम झम, झम सीढ़ियाँ चढ़कर जब एम.ए. के क्लास में पहुँचती थी, तो हर युवक, एम.ए. का विद्यार्थी युवक- भीतर भीतर दुष्ट हँसी हँसा था।

—तो विभाष को कहाँ छोड़ आयी मेरी साहसी प्रेमिका...भावना...!

उसने कुछ जवाब नहीं दिया। बस अलबम खोलकर बैठ गयी।

तभी फोन की घंटी बजी।

—'मैं बब्लू।'

—'कहाँ हो।'

—'कनॉट प्लेस नहीं बारहखम्भा रोड पर।'

—'तो अभी आना चाहते हो...'

—'क्या नहीं आऊँ अभी...'

—'हाँ, एक मित्र अभी लम्बी यात्रा के बाद आयी हैं। मेरा घर तो भूत का डेरा है। एक मित्र कार लेकर आएँगे, उनके साथ हम पेट पूजा करेंगे।'

—'तो कल आऊँ 10 बजे सुबह...'

—'नहीं, 11 बजे।'

—'ठीक।' बब्लू ने फोन रख दिया। भावना एकटक विपिन को देखती रही। देखकर कभी अलबम बन्द करती कभी उस पर थाप देती।

—बहुत आसान नहीं है तुम्हें समझना...

—क्या तुझे रूपचन्द या विभाष आसानी से समझ सके थे!

—डॉ. पुनीता से पूछना।

तभी कार पर आयी डॉ. पुनीता। ड्राइवर ने कई पैकेट रखे टेबुल पर। डॉक्टर पुनीता ने देखा हमें—'अभी भूख नहीं लगी है। बातों से ही पेट भर गया होगा।'

—कहाँ बातें हो पायीं। अभी तो अलबम खोला ही नहीं। बात रूपचन्द और विभाष के बीच कभी विपिन दुष्ट निगाहों से मुझे उधेड़ता रहा, कभी मैं दोनों के पीछे छिपाती रही अपनी आज़ादी...

डॉ. पुनीता ने मेज पर दो थाली सजाई। और कहा—'चल पेट भर ले, और विपिन जी को भी थोड़ी राहत की साँस लेने दे।'

'तो मैं इनको क्या दबा रही थी या...

'बस सब्ज़ी गर्म है, खा ले फिर ड्राइवर मुझे छोड़ आएगा, फिर वह यहीं रहेगा शाम तक।'

—भला क्यों।

—यह विपिन बताएँगे। बिना घूमे वह कब यहाँ बन्द रहते हैं।

तीनों हँसे और हँसते हुए ज़ायकेदार खाना खाते रहे।

आठ

भावना

संगीत की भाषा, स्वर, व्यंजन सब भूल गया। केवल याद है ओंकार नाथ ठाकुर का नाभि से उठा हुआ गम्भीरनाद। गोल चेहरा। भरी हुईं आँखें। जिसे देखते ही लगता था संगीत की लहरें हरदम भरी हुई नजर आती थीं। यहाँ उस दिन मैं गुरुदेव के कहने पर सितार बजा रहा था। रविशंकर के बाद यह मेरे लिए एक चुनौती थी। केवल संगीत समारोह में उस दिन आशू बाबू समारोह के बीच में कई बार मेरे पास आये थे और हर बार मुस्कराकर चले गये थे। उस दिन भी आशू बाबू सामने की पंक्ति में बैठे थे। धोती-कुर्ता और चेहरे पर उल्लास से उछलती हुई हँसी। ओंकारनाथ ठाकुर ने ख़ासतौर पर भावना को 'कामायनी' की भूमिका में मंच पर उतारा था। पैरों में पाज़ेब, हाथों में फूल के गजरे, जूड़े पर जूही के फूल की माला और सँवारा हुआ शरीर। नृत्य में डूबा हुआ रूपचन्द देख नहीं रहा था विपिन को, मंच पर भावना को। लेकिन पिछले एक वर्ष से शायद भावना ही मेरा संगीत है, सितार है, जीविका है। उस दिन कामायनी मनु को रोक रही थी और ओंकारनाथ ठाकुर की आवाज पूरे समारोह पर छाई हुई थी...मत जा...मत जा...मत जा।

जब एक दिन गुरुदेव ने कहा, 'भावना हिन्दी में एम.ए. करेगी।' रूपचन्द उस दिन अनावश्यक रूप से परेशान हो गया था। 'मेरी काठी मजबूत है, कसरती आदमी हूँ' नियम से संगीत साधना भी करता हूँ, पर भीतर उस दिन एक ही स्वर गूँज रहा था...मत जा...मत...जा...मत जा। पर मुझमें और भावना में इतनी आत्मीयता नहीं आयी थी कि मैं उससे कह सकूँ कि तुम अगले वर्ष संगीत में बी.ए. हो जाओगी, फिर हिन्दी में एम.ए. करना क्या जरूरी है। पर आज लगता है रूपचन्द ने सोचा—मैं कहीं भीतर से ही शक्की, खोखला और दम्भी हूँ। अपने दम्भ को छिपाने के लिए मैंने भावना से कहा था 'एम.ए. तुम ज़रूर करो। विभाग के सभी सीनियर प्रोफ़ेसर मेरे परिचित हैं, पर तुम्हारे आने और जाने की सूचना मुझे कैसे मिलेगी। इसलिए तुम पाजेब पहनकर कॉलेज जाओगी।'

मेरे इस प्रस्ताव पर भावना की भवें तन गयी थीं, उसकी बड़ी-बड़ी आँखों में कुछ कौंध रहा था। आवाज़ ज़रूर ओठों के भीतर कहीं रुकी हुई थी। उसने पूछा था 'क्या यह पाज़ेब पहननी ज़रूरी है?'

बहुत समय के बाद एक जासूस की तरह यह पता लगा था कि भावना इस पिछड़ी हुई बस्ती के एक कवि-कथाकार के घर आ रही है। मैं रोज़ सफ़ेद छड़ी, जो मेरी पहचान बन चुकी थी और साठ फुट का रास्ता टटोलता था। टटोलना ग़लत शब्द है, मैं एक-एक डग रखता था, भावना की तरह। मैं इस बस्ती का एक अजनबी आदमी हूँ।

भावना यहाँ आएगी लम्बे समय के बाद, केवल यही मेरे लिए ख़ुशी की बात थी। मैं अकसर जब इस गली के एक छोटे से जंगल की गन्ध को सूँघता था तो कोई बच्चा अमरूद तोड़कर भागता था तो कोई शेफाली का फूल। या डाल को झुकाकर कुछ व्यक्ति नीम की दातुन तोड़ते थे।

मैंने किसी को देखा नहीं और देख भी नहीं सकता था। फिर भी इस बात का एहसास आते ही कि भावना यहाँ आएगी, मैं एक बार फिर यौवन के उन्माद में भर गया। जब मैं सितार बजाता था और विभाष तबला, तब पूरे कमरे में नृत्य की ही ताल, लय गूँजती थी। इधर गुरुदेव के कहने पर वह और विभाष कथक का अभ्यास करने के लिए वल्लत्तोल संस्थान भी गये थे। वहाँ से आने के बाद भावना की हर अदा मेरे लिए अनूठी थी। मैं देख नहीं सकता था पर मेरा रोम-रोम देख रहा था। इसीलिए जब भावना पाज़ेब पहनकर पहली बार कॉलेज गयी थी तब मैं पहली बार अपने शक्की पति पर सोच रहा था और हँस रहा था। क्योंकि गुरुदेव के साथ जब भी मैं अजन्ता और एलोरा में संगीत का अभ्यास किया करता था तो वह मुझसे कहते थे—अच्छा संगीतज्ञ केवल बुद्ध की तरह मृदु भावों से हँसी बिखेरता है।

मैंने भावना से जब यह कहा तो उसने पहले दिन के कॉलेज का अनुभव सुनाया और फफक कर रो पड़ी।

उसके कॉलेज पहुँचते ही पहली सीढ़ी से आख़िरी सीढ़ी तक किसी मनचले युवक ने लिख दिया था...पाजेब वाली...पाज़ेब वाली...पाज़ेब वाली। पाज़ेब की झंकार के साथ वह खुली बॉलकनी में एक-एक डग चल रही थी तो मनचले लड़के उसकी पाज़ेब के साथ हँस रहे थे। जब क्लास में पहुँची तो ब्लैक बोर्ड पर लिखा था और एक तस्वीर बनाई गयी थी और एक पैर था जिसमें पाज़ेब बनी थी। भावना ने उस दिन सभी क्लास अटैंड किये थे। अपनी नाराज़गी को ज़ाहिर नहीं होने दिया था, पर जब घर लौट रही थी पैदल अपने क्वार्टर तक तो अमलतास के पेड़ से ठीक मेरे आगे एक लड़का कूदा था, फिर दूसरा लड़का कूदा था और मैं न तो चीख सकी थी, न रोक सकी थी।

अपनी कॉलेज की पहले दिन की यात्रा को भावना कभी नहीं भूली और वह डबल-बेड पर औंधे मुँह लेटी रही थी और रोती रही थी। मैंने उसे जितना समझाना चाहा था वह उतनी ही सारे शरीर में मृदंग की तरह बज उठी थी। मुझे केवल याद आयी थी गुरुदेव की बात—हर दुख के समय तुम्हें बुद्ध की तरह हँसी और हँसी ही देनी है। आज अपने ही ऊपर हँस रहा हूँ। क्योंकि मेरी हँसी! अगर मैं कार्टून बनाता तो मेरा ही मज़ाक़ उड़ा रही थी। दुर्भाग्य से उसी दिन संगीत सम्मेलन के लिए मुझे बुलाने आशू बाबू आये थे और मैंने बड़े आग्रह के साथ भावना से कहा था—चलो इसी बहाने कश्मीर में तुम्हारा साथ रहेगा। भावना ने आशू बाबू से कुछ कहा था और आशू बाबू ने उसे रोक दिया था।

मेरे श्रीनगर जाने के दिन ही भावना दिल्ली आ गयी थी। अपनी बहन पुनीता के पास। पुनीता मौलाना आज़ाद कॉलेज की मेडिकल की डॉक्टर है, नहीं इसी साल होगी डॉक्टर। फाइनल है इस साल उसका। जब वह तीसरे साल में थी तब पुनीता के विरोध के बावजूद भावना ने मेरे साथ शादी की थी। उस शादी के अवसर पर गुरुदेव ने अपनी रुचि के संगीतकारों को बुलाया था और भावना आशू बाबू के निर्देशन में उस दिन गुरुदेव रवीन्द्रनाथ ठाकुर के 'चित्रांगदा' नाटक का मंचन कर रही थी।

दिल्ली से भावना ने फोन किया था। रूपचन्द संगीत समारोह की सफलता के बाद खुशी से भरा हुआ था। भावना का फोन एक बिजली का झटका था उसके लिए। उसने कहा था—'सुनो मैं अब पाज़ेब नहीं पहनूँगी। और अगर तुम ज़ोर दोगे तो एम.ए. की पढ़ाई भी छोड़ दूँगी।' उसका यह झटका या निर्णय मैं झेल गया था क्योंकि मैं शक्की था और वह शक सामने आ गया था मेरे। क्योंकि मैं खोखला था। यह बात मुझे भावना से फोन छीनकर डॉक्टर पुनीता ने बता भी दी थी। उसने कहा था—'जैसे आप संगीत में निष्णात हैं, मैं नारी-मन, उसके शरीर, उसकी भावनाओं को एक डॉक्टर की तरह गहराई से जानती हूँ। भावना के लिए पाज़ेब पहनकर कॉलेज-अपने ही कार्टून को सुबह-शाम देखना है—वह कॉलेज में और घर में अपने ही कार्टून में जीना-सम्भव नहीं। घर आपके संगीत से चाहे भरा हुआ हो, पर मुझे क्षमा करें। जब मैं ऑपेरशन थियेटर में रहती हूँ तो मुझे लगता है शरीर की हर नस दूसरे को बनाती-सँवारती है। आप दोनों के बीच में एक खोखलापन है बस।'

जब से भावना आयी है वह दो दिन तो बिल्कुल चुप रही। जब मैंने बहुत पूछा तब एक दिन रात भर बात करने के बाद उसने बताया—'दीदी पाज़ेब पहनकर

णाणं पयासयं

वीर नि.सं. 2470

ई.सन् 1944

भारतीय ज्ञानपीठ

मैं खुद अपनी निगाहों से गिर गयी हूँ। पाज़ेब या बेड़ी पहनकर खुश नहीं रह सकूँगी।'

कश्मीर से लौटकर रूपचन्द अकेले घर में रहने लगा था, भावना दिल्ली में थी। चुलबुली, चंचल भावना की ध्वनियाँ, स्वर ही खाली घर में गूँजा करते थे। वह सचमुच जासूस बन गया था। भावना की मानसिकता को टटोलने वाला जासूस।

उस दिन लम्बे समय के बाद रूपचन्द बस्ती में गया था, जो अब उसकी बस्ती है। विपिन ने दरवाज़ा खोला था और बिना किसी परिचय के विपिन जी से यह सवाल पूछा था—'क्या भावना यहाँ आने वाली है?'

बिना बुलाये मेहमान की तरह विपिनजी ने दरवाजे पर देखा था मुझे और देखते रह गये थे। 'आप'...कह करके वह चुप हो गये थे—जिसका अर्थ था आपकी हिम्मत कैसे हुई यहाँ आने की। लेकिन उन्होंने यह शब्द पूरा नहीं किया। हाँ, 'भावना' कहने के बाद उन्होंने मेरी छड़ी पकड़ी थी और मुझे नीचे से ऊपर तक देखा था। मैं समझ गया था कि भावना की जासूसी करने वाला उसका भूतपूर्व, या तलाकशुदा पति कितना खोखला, दम्भी या शक्की है। रूपचन्द बिना कुछ कहे बाहर आ गया था।

दरवाज़े पर सीधे पल्ले की साड़ी पहने हुए तभी एक महिला खड़ी थी। वह या तो संकोच में थी या गलत जगह आ जाने की आशंका थी उसके मन में। यह मकान यूँ तो खुला हुआ है और अक्सर इस मकान में रहने वाले व्यक्ति लेखक हैं। मँझोला कद, पकी हुई दाढ़ी आँखों पर चश्मा, लुंगी और बिना बाँह की गंजी पहने हुए वह कुछ लिख रहा था या फोन पर किसी से बात कर रहा था। पेन टेबल पर रखी थी और टेलीफोन का चोगा रखकर वह व्यक्ति जिसका नाम विपिन है, दरवाज़े पर खड़ी हुई महिला को देखता रहा। इस मकान में वह अकेला रहता है इसलिए कोई आये तो ख़ुद ही बाहर जाकर देखना पड़ता है। उसी समय पुराना बिजली के मीटर की जगह कुछ आदमी नया मीटर लगाकर गये थे। मीटर रीडिंग करके वह दरवाज़े की ओर बढ़ा था।

दरवाज़े पर खड़ी महिला एकटक इस अधेड़ आदमी को देख रही थी। उसने जब स्टेशन पर देखा था, इस आदमी को तो यह पैंट-शर्ट में था। इसकी हर बात में तब एक गति थी। वह तेज बोल रहा था और खुद ही फैसला करता जा रहा था। अब जो आदमी सामने है उसमें इसकी कोई झलक नहीं मिलती।

एक पैर उस महिला का नीचे की सीढ़ी पर था और दूसरा पैर ऊपर की

सीढ़ी पर वह रख रही थी। एक हाथ से वह खुले दरवाज़े को पकड़े हुए थी। और दूसरे हाथ से वह सोच रही थी कि दरवाज़ा कैसे बन्द होगा।

विपिन ने तभी उसकी स्थिति पर ग़ौर किया। आँखों से और चेहरे से यह पहचानी हुई लगती है पर...।

—सुमति...बब्लू।

—मैं यही सोच रहा था कि तुम सुमति हो। आना तो बब्लू को था।

—हाँ! बब्लू दिमागी बुखार के कारण अस्पताल में है।

—कब से?

—बस दुई दिन भयल।

—दो दिन पहले तो उसने फोन किया था।

—हाँ, तब रमता राम हमरे बाबा जमीन पर पड़ल रहले।

—क्या हुआ था उन्हें।

—अस्सी की उम्र रहल। कुछ भयल नाहीं। बस कहलैं, हमके जमीन पर उतार दा।

विपिन ने दरवाज़ा खोला और तख़्त पर उसे बैठाया। ग़ौर से उसकी आँख में देखा। न उस समय का विषाद था न ख़ुदकुशी करने का इरादा।

—तुम बदल गयी।

—हाँ, तब मरल रहली। अब हमके बचाय वाले रमता बाबू गुजर गइले।

विपिन ने लाकर एक गिलास पानी और मिठाई रखी प्लेट में। पानी पीकर उसे थोड़ी राहत मिली।

—यहाँ आने में कोई दिक्कत हुई तुम्हें।

—नाहीं, बब्लू सब बता दहले रहले। बस पर बैठ के भजनपुरा उतर गइली। वहाँ से बैठली स्कूटर में।

—कौन जरूरत है कहानी लिखने की। एक माई रहली। वह खेत में तोरी-घीया बोत रहली। पास के शहर में जाके बेच आत रहली। जिस दिन हमके ई छुतहा रोग लगल ओही दिन माई गुजर गइली। बस, तब से मरे का रास्ता खोजत रहली, कि तू मिल गइला इस्टेशन पर।

—बब्लू कुछ काम करता है?

—हाँ, कुछ इधर-उधर घूमत रहले। इक किताब लिखे की सूझत रहल।

उसने पोटली खोली जो उसके हाथ में ही थी।

उस पोटली में कुछ साड़ी-कपड़े थे और एक मेन्यूस्क्रिप्ट। मेन्यूस्क्रिप्ट

उठाकर विपिन देखता रहा। पहली कहानी सुमति की, 'मेरी माँ' थी। दूसरी कहानी 'मेरे दिमागहीन दौर की डायरी' थी बब्लू की। तीसरी 'सारा देश छाने हुए थे रमता बाबा।' और कुछ पेंटिंग, कुछ फोटो, डायरी और दो-एक कहानियाँ थीं। अन्तिम लेख था—'क्या बाज़ारू सभ्यता हमें लील जाएगी?'

मेन्यूस्क्रिप्ट देखने के बाद ही विपिन ने उसकी ओर देखा जो विपिन की तरह एक-एक शब्द को गौर से देख रही थी। उसे लग रहा था कि इस मेन्यूस्क्रिप्ट को वह कई बार पढ़ चुकी थी।

बार-बार बब्लू एक-एक लेख को सम्पादित करता था फिर सुमति उसे कम्प्यूटर पर उतारती थी और वह उसका करेक्शन करता था। इसी तरह न जाने कितनी बातें विपिन उससे सुनकर सोचता रहा। फिर भी हर बार वह उससे कुछ पूछते हुए रुक जाता था।

—थकी हुई हो, रात भर की यात्रा की है। उसने गठरी उठाकर बड़े कमरे में रखी। शेरू को लगा कि यह उसके कमरे में कौन आ गया है। विपिन ने कहा कि इस घर में मैं और शेरू दो ही आदमी रहते हैं।

'आदमी' शब्द पर वह हँसी और शेरू के सिर पर हाथ रखकर वहीं बैठ गयी।

—त तू, मनई हउआ।

शेरू ने शायद उसकी भाषा समझ ली थी। वह उसके कन्धे तक अपनी बाहें फैलाकर अपनी गर्दन उसके पुट्ठे पर रखकर इत्मीनान से बैठा रहा। जैसे बहुत समय के बाद उसे अपना खोया हुआ घर या घरवाली मिली हो।

—तो शेरू से तुम्हारी दोस्ती हो गयी। अब मुझे कोई शिकायत नहीं। उसने फिर शेरू की गर्दन और पीठ पर थपकी दी और कहा—'अब हम तोहरे साथ हईं। तीन मनई एक साथ।'

लगा शेरू सचमुच उसकी बात समझ रहा है।

फिर विपिन ने उसे किचन दिखाया। एक-एक डिब्बा खोलकर दिखाया कि किसमें क्या है और यह है बाथरूम।

—नहाए के हौ तो नहाला।

—हम नहाके अइले।

—तो जो मन में आये बनाला। रोटी, सब्जी, दाल, चावल।

—तू चावल खात हउआ। डायबिटीज हउले तोके। और बब्लू कहत रहले आँव जात हौ। ये हो जानत हईके तू मिर्च-मसाला नहीं खात हउआ।

—तब सुमति तुम सब कुछ जानती हो। बस इस घर को धीरे-धीरे ठीक करना। अभी जहाँ हाथ रखोगी वहाँ जाला मिलेगा।

—जाला का पूरा घर तोहरा कबाड़खाना हौ।

इस पर दोनों हँसे। फिर उसने चाय बनायी और बिना चीनी की चाय विपिन को दे गयी और चीनी की चाय लेकर आटा माँडने लगी।

विपिन ने मेन्यूस्क्रिप्ट पढ़ना शुरू किया तभी फोन आया।

—हाँ, मैं बब्लू बोल रहा हूँ। सुमति रोज ही तुम्हारी बातें पूछती थी। मुझे जब मेनिनजाइटिस हुआ तो आशू बाबू मुझे अस्पताल ले गये। वह अपनी दवा भी देते रहे। जिस सुमति को तुम जानते थे, यह सुमति अब उस बीमार सुमति से बिल्कुल बदली हुई है। उसके चेहरे पर तुम्हें न दुख की रेखाएँ दिखाई देंगी, न बलात्कार कर डर, न ही सुजाक की पीड़ा।

—यह मैंने देख लिया है। यह सुमति आज की सुमति है। अब वह मेरे घर को सँवार रही है। 'हाँ फोन आयल है' और विपिन ने पीछे मुड़ कर देखा सुमति हँस रही है।

नौ

विपिन

अचानक डिस्पेंसरी के बाहर एक पतली-दुबली साँवली लड़की मिली। आँखों में गहरा दुख और शरीर पर जाड़े के बावजूद एक नीली फ्राक। विपिन डिस्पेंसरी में अकसर ऐसे ही चेहरे देखा करता था और सोचता था आज़ादी के बाद इन चेहरों का क्या भविष्य है। तभी लड़की ने उसे देखा, 'आपको क्या बीमारी है?'

विपिन उसके सवाल पर अपने डायबिटीज, आँव जैसे रोग पर सोचता रहा पर बोला कुछ नहीं। 'डॉक्टर रत्नेश मेरे मित्र हैं। मित्र क्या जैसे तुम्हारे स्कूल में कोई गार्ज़ियन होगा तुम्हारा, ऐसे ही रत्नेश मेरे गार्जियन हैं। तुमने यह सवाल क्यों पूछा?'

'आपके आते ही कम्पाउंडर कुर्सी सीधी करता। डॉक्टर रत्नेश आपसे खुल कर बात करते हैं और वह भी अपनी घरेलू, और चाय पिलाते हैं।'

ग़ौर से वह विपिन को देखती रही।

—ग़ौर से देखना तो मैं नहीं जानती लेकिन आपका यहाँ आना ज़्यादातर रोगियों के लिए एक खलबली जैसा...

मैंने बीच में रोका उसे, 'तुम जिस महिला के साथ आती हो वह तुम्हारी माँ है?'

—नहीं, न वो मेरी माँ है, न कोई रिश्तेदार। मैं वहाँ पाँच साल से काम कर रही हूँ। कब आयी याद नहीं। बस, अब अगर कोई घर है मेरा तो वही।'

—तुम क्या करती हो?

—एक वर्किंग गर्ल होस्टल की सुपरिटेंडेंट हूँ। महिला समिति की थी कुछ कमी। उनकी शादी जिस व्यक्ति से हुई थी वह उनको तलाक देकर अहमदाबाद में रहने लगा है।

—तुम कुछ-पढ़ी-लिखी हो?

—भावना आँटी ने मुझे किताब पढ़ना सिखा दिया है। अब अँग्रेजी सीख रही हूँ।

—क्या रोग है तुम्हें?

—बोन टीबी।

—तो टीबी हॉस्पिटल में क्यों नहीं गयी?

—दूसरे एक्स-रे के बाद आज डॉक्टर मुझे टीबी हॉस्पिटल में भेजेंगे।

बात करते हुए विपिन डिस्पेंसरी में आ गया और वह कम्पाउंडर से अपनी पर्ची बनवाने लगी।

विपिन ने गौर से देखा लम्बी लाइन है। हर आदमी पहले डॉक्टर से अपना रोग बताना चाहता है।

जब विपिन कुर्सी पर बैठा और कम्पाउंडर ने उसे चाय पिलायी तो एक महिला बहस कर रही थी। पर बहस से अधिक उसकी आँखों में आँसू थे। गोद में तीन महीने का बच्चा था जिसे देखकर डर लगता था। हड्डी का ढाँचा। कहीं गिर न जाए। मैं जितना भावुक था डॉक्टर रत्नेश उतने ही धैर्य के साथ रोगी को देख रहे थे।

डॉक्टर ने उस महिला से कहा, 'इसे कन्धे पर लगाओ।' फिर स्टेथस्कोप से उसकी साँस की जाँच की। कहा, 'इसे चाइल्ड स्पेशलिस्ट को दिखाओ।' चेहरे

पर सूजन थी। हाथों में छोटे-छोटे दाने। उस औरत ने कुछ नहीं कहा। डॉक्टर ने चाइल्ड स्पेशलिस्ट डॉ. मधु के नाम पर पर्चा तैयार कर दिया पर वह औरत पर्चे को थामे हुए रोती रही। उसके उठते ही दूसरी महिला आयी। उसके एक साल के बच्चे को पिछले तीन दिन से एक सौ दो डिग्री बुखार था। डॉक्टर ने सारा काम छोड़कर उसको एक जगह लिटा दिया। सिर पर बर्फ की पट्टी लगाई कम्पाउंडर ने। और वह एक-एक घंटे पर दवा देते रहे और जाँचते भी रहे। अचानक बच्चे की आँख उलटने लगी, पैर और हाथ टेढ़े होने लगे, डॉक्टर ने कहा, 'तुरन्त हॉस्पिटल ले जाओ।' घबराई हुई माँ ने कहा, 'कहाँ, किस हॉस्पिटल में?' डॉक्टर ने कहा, 'समय नहीं है, जो भी हॉस्पिटल ठीक समझो, ले जाओ।'

औरत के चेहरे पर दुख और केवल दुख की रेखाएँ बनती-बिगड़ती रहीं। पर उसे तो जाना ही था।

दूसरा रोगी लम्बा-चौड़ा, स्वस्थ नज़र आ रहा था, पर डॉक्टर ने उसकी एक्स-रे रिपोर्ट देखी। ख़ून और पेशाब की जाँच रिपोर्ट देखी तो अचानक अपनी कुर्सी से उठ गये, 'आप छः दिन कहाँ रहे?'

'पत्नी बीमार थी डॉक्टर साहब। खुद को तो भूल सकता हूँ।'

डॉक्टर चुप रहे। 'पत्नी को क्या हुआ था?' बहुत घबराहट से धीरे-धीरे डॉक्टर ने पूछता।

—पैरोलेटिक अटैक। बायाँ बाजू पैर से सिर तक काम नहीं कर रहा है। दो दिन पन्त हॉस्पिटल में गया पर डॉक्टर जायसवाल ही नहीं मिले।

—आज डॉक्टर जायसवाल ने देखा और दवा पन्द्रह दिन की लिख दी।

—आप क्या करते हैं?

—बड़ौदा हाउस में लोअर डिवीजन क्लर्क हूँ।

—आपको हॉस्पिटल में भरती हो जाना चाहिए। हीमोग्लोबिन की कमी है और ख़ून चढ़ाना ज़रूरी है।

वह व्यक्ति डॉक्टर को देखता रहा और धीरे-धीरे चला गया।

विपिन भी अधिक देर नहीं बैठ सका। उसे लगा ग़रीबी की रेखा के नीचे जीने वाले व्यक्ति का कोई भविष्य नहीं। अचानक उसके मोबाइल पर कुछ ध्वनि बजी। उसने सुना, सुमति बेहद घबराई हुई बता रही है, 'बब्लू घर में बेहोश पड़ा है, उसको मेनेन्जाइटिस का प्रकोप है। तुम तुरन्त आ जाओ।'

विपिन ने डॉक्टर से बातचीत की। यह पता लगाया कि मेनेन्जाइटिस के

रोगी को किस अस्पताल में ले जाना ठीक रहेगा। डॉक्टर ने तुरन्त जी.टी.बी. में भर्ती करने की सलाह दी। विपिन ने सुमति से कहा, 'तुम रिक्शे पर बब्लू को बैठा लो। बैठा सकोगी न?'

'हाँ।'

'...और यहाँ दयालपुर आ जाओ। मैं तुम्हारे साथ बब्लू को दिलशाद गार्डन अस्पताल ले जाऊँगा।' डॉकटर रत्नेश ने कुछ दवाई उसे दी और समझाया, एक-एक घंटे पर उसे देते रहिए। डॉक्टर उसे तुरन्त भर्ती कर लेंगे। तीन बजे मैं भी पहुँच रहा हूँ। आप बिल्कुल मत घबराइए।'

सुमति और बब्लू का विपिन इन्तज़ार करता रहा। बब्लू का सिर सुमति के कन्धे पर था। विपिन ने ऑटो पर दोनों को बैठाया। तब तक पेशेंट को छोड़कर डॉक्टर रत्नेश भी आये। बब्लू को देखा, एक टेबलेट दी जिसको खाने के बाद उसने आँख खोली। सुमति के चेहरे पर हल्की सी हँसी नजर आयी।

जब हम ऑटो पर बैठ रहे थे तो नीली फ्रॉक पहने वही लड़की आयी। उसने विपिन का हाथ थामा, 'आप तो मुझसे भी अधिक परेशान हैं।'

'किसी की परेशानी किसी दूसरे से कम नहीं होती। तुमने मेरी परेशानी पर ग़ौर किया' कहते हुए विपिन ने उसकी आँखों और गाल पर दो उँगलियाँ रखीं और तब वह रो पड़ी।

दस

भावना का आत्मबन्धन

कितनी ख़ुश थी भावना कथक नाट्य की तैयारी करते हुए या विदेशी दर्शकों को अपनी भंगिमा से तन्मय करते हुए। दिल्ली आते ही वह सारी ख़ुशी या नृत्य की भंगिमा केवल उसके भीतर बेचैनी पैदा करती रही है।

उसे आश्चर्य हुआ कि मेरा पता उन्हें कैसे मिला। फिर लगा जो आदमी पिछड़ी हुई बस्ती में मेरे पहुँचने के पहले ही वहाँ घुस सकता है उसके लिए

मेरा पता खोजना कोई मुश्किल नहीं। रूपचन्द अब न धोती-कुर्ता पहनता है, न ही उसके कुर्ते में कोई खास शैली रह गयी है। यहाँ जो आदमी मेरे सामने हैं यदि वही रूपचन्द है तो मैं तो उसे नहीं पहचानती। आँखों पर काला चश्मा। हाथ में सफेद छड़ी जिसे वह लपेट कर छोटा कर रहा है और चटक रंग की शर्ट और गहरी जीन्स की पैंट। न उसने कुछ कहा न मैंने पूछा। भावना अचानक घबरा गयी। उसे लगा कि रूपचन्द कुछ भी कर सकता है पर सोचने लगी हत्या तो वह मेरी पहले ही कर चुका है। तब मैं घर के उसके संगीत की दुनिया को बहलाने वाली महज एक आया थी। रोज ही वह सन्देह की निगाह से मुझे देखता या कुछ ऐसे सवाल पूछता जिसके बाद मर जाने की इच्छा होती। फिर अब यह मुझे मारकर चाहता क्या है।

रूपचन्द ने तभी जेब से मोबाइल निकाला। नम्बर मिलाया और बिना मेरा ख्याल रखे, इत्मिनान से बात करता रहा—

'हाँ, मैं अपनी तलाकशुदा पत्नी भावना के घर में हूँ। मेरे ही घर में आग लग गयी है। मेरी पत्नी और डेढ़ साल की बच्ची झुलस गयी है। तुम पूछोगे कि भावना से तुम्हें क्या लेना-देना।'

'मैं जहाँ जाता हूँ मुझे एक तलवार-सी अपने ऊपर लटकी हुई नजर आती है। मैं देख नहीं सकता हूँ उस तलवार को। पर वह तलवार कब खंजर सी बन जाती है और कब मेरे सीने में धँस जाती है और मैं चीखता रहता हूँ अकेले में...।'

उसने भावना को देखा और कहा—'भावना मैं मरना नहीं चाहता। आज मैं दो लाशों को घर में छोड़कर आया हूँ और यहाँ आकर केवल तुम से कुछ सुनना चाहता हूँ। पर तुम चुप हो, एक चुप हजार चुप।'

भावना सोचती रही यह आदमी कुछ भी कर सकता है। हो सकता है अपने सम्बन्धी ससुर से इसने कुछ दहेज की माँग की हो। उसे अक्सर रात-रात भर दुःस्वप्न आते हैं और उस समय वह केवल मकान, रुपये की ही बात करता है। यदि यह मुझसे रुपये ऐंठने आया है तो मुझे डॉक्टर दीदी को फोन करना चाहिए। या कैप्टन जीजाजी से सलाह लेनी चाहिए, पर इसके घर में पत्नी की लाश है और बेटी को छोड़कर वह यहाँ क्यों आया है? इसे तो अस्पताल में होना चाहिए या थाने में। फिर एक अन्धा आदमी इतना अन्धा भी नहीं है कि वह मेरे आने की सूचना पाते ही यहाँ धरना देने लगे।

—'तुमने, हाँ तुमने, मेरी बेटी और पत्नी की हत्या की है। उन पर पहले

तेजाब फेंका फिर मिट्टी को तेल डाला और दरवाज़ा बन्द कर दिया। अभी भी दरवाज़ा बन्द है और आग में झुलसकर मेरी पत्नी और बेटी या तो तड़प रही होंगी या चीख-चीखकर अपनी मौत का इन्तज़ार कर रही होंगी।'

उसने सीधा आरोप पर लगाया। भावना सचमुच डर गयी। उसे लगा यह फिर कोई साजिश रचकर यहाँ आया है। अपनी साजिश में यह कोई खोट नहीं छोड़ता। अगर उस दिन मैं कॉलेज से ही भाग नहीं जाती तो उसने आया से वह सारी तैयारी कर ली थी। गैस खुली हुई छोड़ दी थी। ज्योंही मैं चाय बनाती, पूरा कमरा भभक उठता और मैं इसके ही घर में मरी हुई पायी जाती। जिसे यह आसानी से आत्महत्या का केस बना देता। वह तो बर्तन माँजने श्यामा भागी हुई मेरी क्लास में आयी थी। चेहरा उसका बुझा-बुझा-सा था। उसने बताया 'भावना दीदी भाग जाओ, अभी, इसी समय।'

'तुम समझती हो मैं तुम्हें आसानी से छोड़ दूँगा। तुमने ईर्ष्यावश मेरी पत्नी को बदनाम करने के लिए अपने मित्र से कहानी लिखवायी और यह सिद्ध किया कि मेरी बेटी मेरी नहीं है।' उसकी हथेलियाँ यह सब कहते हुए कस रही थीं। फर्श को वह बार-बार अपने जूतों से रौंद रहा था।

मैं उस दिन जब पहली बार इससे मिली थी तो इसने सूरदास के गीत मुझे सुनाये थे। उसकी एक लाइन आज भी मुझे याद है—'जो मेरी अँखियन रसना होती।'

इसने मुझे यह बताना चाहा था कि वह बिना आँखों के सूरदास की तरह सबकुछ देख सकता है क्योंकि संगीत भीतर की आँख होती है।

आज जो आदमी मेरे सामने है उसके न भीतर कोई संगीत की आँख है न बाहर। भावना जिस तनाव, दहशत और मौत की दस्तक सुन रही थी उसकी भनक तक रूपचन्द के चेहरे पर नहीं थी। वह तो टेलीफोन की घंटी बजी।

'मैं पुनीता, विपिन के साथ आ रही हूँ।' मेरी आवाज़ बन्द थी और मैं हकलाकर कुछ कहना चाहती थी तभी इसने फोन का चोंगा मेरे हाथ से छीन लिया।

'मैं थाने से आ रहा हूँ। अब जो भी तेरा हितचिन्तक है, मेरा प्रेमी है उसे आने दे। पुलिस यहीं आएगी और तू बदले की आग में जीवन भर जेल की हवा खाएगी।'

कार का हार्न बजता रहा। भावना खिड़की तक जा रही थी कि रूपचन्द ने उसे दोनों बाहों से दबोच लिया। वह चीखी पर कमरे में उसकी चीख घुटती रही। वह तो विपिन जी ने दो व्यक्तियों से सहायता ली और दरवाज़ा तोड़ दिया।

ग्यारह

शम्भुदत्त

'विपिन' शम्भु ने मुम्बई से घबराकर फोन किया। ग़फ़लत में अभी-अभी एक फोन आया। न तो उसने अपना नाम बताया, न पता दिया, बल्कि धमकी दी कि यदि आप विपिन को जानते हैं, तो एक माँ और उसकी बेटी की हत्या में उनकी...'

मैंने फोन रख दिया, लेकिन वह सचमुच कोई पागल था या बहुत ही घुटा हुआ राजनीतिज्ञ। उसने दूसरी बार फिर फोन किया और बताया।

'भावना मेरी तलाकशुदा पत्नी है, और फ़िलहाल विपिन की प्रेमिका है।'

मैंने फिर फोन काट दिया और तबसे तुम्हारी खोज-ख़बर के लिए परेशान हूँ। प्रेमिका तुम्हारी भावना हो या कोई भी हो, यह कोई नई बात नहीं है। पर तुम और भावना (जिसे मैं जानता तक नहीं हूँ) एक चूहे की भी हत्या कर सकते हो, इस पर मुझे सन्देह है। और औरत की निर्मम हत्या और तुम्हारे जैसा कवि। बच्चे की किलकारी सुनकर जो व्यक्ति रातों जाग सकता है। वह अपनी प्रेमिका को घृणा से भरा हुआ इस तरह का काम कैसे करने देगा।

यह या ऐसी बातें बॉम्बे के लिए नयी नहीं हैं। मैं जिस जीवनी के लिए यहाँ आया था वह पाँच सौ पेज अनुवाद करने के बाद मेरे पास रुकी हुई है। प्रकाशक को तुम मुझसे अधिक जानते हो। वह दस रुपये पेज देना चाहता है। और मैं चालीस रुपये पेज पर अड़ा हुआ हूँ।

इस काम के स्थगित होने का एक अच्छा फ़ायदा यह हुआ कि सुमति, यही नाम है न उस महिला का जिसे तुमने स्टेशन से आशू बाबू के पास भेजा

था और आशू बाबू ने रमता बाबा के पास। पूरी तरह बसा दिया था सुमति को वहाँ।

—यह बात मैं जानता हूँ। यह बता कि तू किसी संगीत विद्यालय के रूपचन्द को जानता है?

—जानता ही नहीं हूँ मेरी 'भारत के संगीतज्ञ' पुस्तक का वह एक दिलचस्प और सम्मानित वायलिन वादक है। जोग की वायलिन तूने मेरे साथ सुनी थी संकट मोचन में। रात भर हम जागे थे और कंठे महाराज के तबले और जोग की वायलिन की जुगलबन्दी ने पूरा समा ही बाँध दिया था। उसी शाम जोग ने उसको यानी रूपचन्द को वायलिन पर सुना था। वह सूरदास था और वायलिन का उस्ताद।

उसी रात उसने ओंकारनाथ ठाकुर से उसका परिचय कराया था और फिर कामायनी के मंचन की पूरी तैयारी, मंच सज्जा, भावना का कथकली नृत्य और ओंकारनाथ ठाकुर का गायन सब कुछ रूपचन्द ने ही संयोजित किया था।

—जब उस फोन पर ध्यान दे और मोबाइल पर पूछ कि आप संगीतज्ञ रूपचन्द हैं? जब वह बताए कि हाँ मैं आजकल गुड़गाँव में एक नृत्य विद्यालय चला रहा हूँ तो उससे संगीत और नृत्य पर ही बात करता रह और उससे कहियो...'मेरी बेटी आपके ही विद्यालय से कुचीपुड़ी नृत्य सीखना चाहती है।'

इन बातों का रहस्य क्या है, यह बाद में बताऊँगा। अभी भावना मेरे पास है और सुमति यहीं आने वाली है। उसने अभी बब्लू को दिल्ली में मैनेन्जाइटिस रोग है। उसके मित्र डॉ. रत्नेश ने सारी जाँच करने के बाद कहा 'यह बब्लू के पुराने ड्रग का असर है।' वह उसके बाद इतना खुश हुआ कि यह भी भूल गया कि 'नीलपत्र' प्रेस में देना है। जिसमें तेरी रूपचन्द से वायलिन पर बातचीत है, सुमति की डायरी है, रमता बाबा का आखिरी कन्फेशन है। वह सीधे तेरे यहाँ पहुँचेगा। उसके पहुँचते ही तू मुझे फोन कर देना। सुमति और भावना तब तक वहीं रहेगी। ऐसे भी एक हफ़्ते से सुमति मेरे घर की या बकौल तेरे कबाड़खाने को सिलसिलेवार सँवार रही है। उस सँवारने का असर यह हुआ है, न मुझे अपनी प्रिय पुस्तकें मिल रही हैं, न ज़रूरी रचनाएँ।

मैं बब्लू को घर तो ले आऊँगा स्टेशन से पर, यह धमकी भरा फोन, पर क्या करूँ?

बारह

बब्लू का आत्मालाप

बब्लू ख़ुश था। पूरी यात्रा में वह अपनी ही उधेड़-बुन में एक दूसरी यात्रा करता रहा। कभी-कभी अचानक एक सपना देखता था और फिर उस सपने के बाद अपने ही आपको मिटाने की कोशिश करता रहा है। मैंने अपनी माँ का प्रेम कभी जाना ही नहीं। जब सुमति मेरे सिर पर हाथ रखती थी, खाना देती थी और अन्दर के कमरे में बाबा कथक का अभ्यास करते थे, मैं उस समय भी धीरे-धीरे ख़ुद को मार रहा था।

ख़ुद को मारना न तो आसान होता है न ही इस काम में किसी साहस या एडवेंचर की ज़रूरत पड़ती है। कुछ नशे हैं जिनका सेवन करता रहा और फिर उस नशे में एक अजीब किस्म की बेहोशी में जीता भी रहा।

उस दिन जब सुमति के ज़ोर देने पर मैं बन्द कोठरी से बाहर निकला था तो कोठरी के बाहर खड़े थे मेरे चाचा, दबंग विश्वकर्मा। पिता जितने छिपे और डरे हुए थे अपने व्यापार में, अपने सिनेमाहाल के कर्मचारियों के सामने, अपनी शाम की संगीत मंडली में, चाचा वाकई उतने ही दबंग थे। वे कब सिंगापुर गये। कब वहाँ एक छोटी-सी दुकान खोली। एक नब्बे मंजिल का फ्लैट खरीदा। और फिर उस मंज़िल से सिंगापुर देखने की उनकी लालसा कभी खत्म नहीं हुई।

उस दिन वही दबंग चाचा दरवाज़े पर थे। न मैं कुछ बोल सका, न उन्होंने कोई शिकायत की। बस सुमति के पैर छूने पर उसे आशीर्वाद देते हुए कहा, 'इस बिगड़ैल को तूने इनसान बना दिया। इसके लिए मेरा रोम-रोम...' सुमति ने उन्हें रोक दिया।

—'मैं खुद बिगड़ी बेजान थी। जब स्टेशन से यहाँ आयी। सिर्फ मौत के सपने देखा करती थी कौन-सी मौत आसान होगी...।'

दबंग चाचा ने उसके दोनों हाथ अपनी हथेली में रखे और बहुत देर तक उसे देखते रहे—'एक आदमी अपने भीतर एक पूरी सम्भावनाएँ जीता है, वह चाहे रमता बाबू की कथक की साधना हो या तेरी मौत से लड़कर बाहर आने की कहानी। मैंने ज़िन्दगी में बहुत से उतार-चढ़ाव देखे हैं।'

सुमति ने उनको चारपायी पर बैठाया और कहा, 'चाय पिएँगे या शर्बत?'

‘कुछ नहीं।’

‘यह तो राम बाबा का प्रसाद है। बिना प्रसाद लिये न मैं आपको जाने दूँगी, न बब्लू।’

‘प्रसाद तो एक बताशा भी होता है। पूजा करने के बाद बब्लू की माँ मुझे भी बताशा और दाने देती थी, मीठे। बब्लू ने तो अपनी माँ को नहीं देखा पर तुम्हें देखकर मुझे अचानक उसकी याद आ गयी। मैं सिंगापुर से जब-जब आता वह उलाहना देती : ‘अकेले वहाँ तेरा मन लग जाता है।’

मैं हँसते हुए भाभी से कहता, नहीं, वहाँ जब खाली रहता हूँ तो सिंगापुर की ज़िन्दगी में घुला रहता हूँ। या खिड़की से उस सिंगापुर की गतिशील ज़िन्दगी को देखा हूँ, जो तिल-तिलकर मुझे भी बना रही है। आज भी बब्लू की माँ मेरे सामने है और मैं उनके सवाल पर सोचा करता हूँ कि क्यों अकेला हूँ?

‘सुमति तुम हमारे बाद दिल्ली आओगी। मुझे यह अधिकार तो है, कि मैं तुम्हें रमता बाबा से कुछ दिनों के लिए अपने पास रखूँ।’

‘आपको पूरा अधिकार है। बाबा ने मुझे कभी रोका नहीं। सिर्फ़ अपने पैर पर खड़ा कर दिया है और अब जहाँ भी रहूँगी बाबा का संगीत, आशूदा का संगीत समारोह और कथक नृत्य की भंगिमाएँ मेरे भीतर नज़र आएँगी।’

तो बुलन्द चाचा ने एक कन्धे पर बब्लू के हाथ रखा, और दूसरे कन्धे पर सुमति के।

उसे राजधानी से आठ अगस्त को दिल्ली जाना है। टिकट देते हुए बब्लू को यही बता दिया था और बब्लू को ऊपर से नीचे तक देखा था, ‘तू अभी भी मेरे साथ सिंगापुर चल। पच्चीस लाख का बैंक ड्राफ्ट तुझे दिल्ली जाते ही दे दूँगा फिर तू सिंगापुर रह मेरे साथ या मेरे मित्र डॉक्टर से मिलकर गुड़गाँव में अपनी फिल्म पर काम कर। तेरी फिल्म बाबा की जीवन कथा पर होगी। सुमति की फिल्म होगी। हाँ, मेरे भीतर घृणा के प्रतिरूप तेरे पिता की भी फिल्म होगी और उस फिल्म की शूटिंग तू अपनी इच्छा से करेगा। पैसा मैंने बहुत कमाया और आज भी कमा रहा हूँ, लेकिन जो सन्तोष मुझे तेरी फिल्म देखकर होगा, वह केवल सिंगापुर में अपनी मंज़िल की खिड़की खोलकर जीवन की गति या लय देखने पर महसूस करता हूँ।’

दबंग चाचा मुझे सचमुच खींचकर दिल्ली ले आये।

गुड़गाँव आज 2006 में वाकई छोटा-मोटा सिंगापुर है। चौड़ी सड़कें, ऊँचे

मकान और सभ्यता के पूरे उपकरण। मैंने यहीं रहते हुए दबंग चाचा को क़रीब से देखा था। वह हर बार जाते समय मेरे सिंगापुर जाने की योजना बनाते थे। उस दिन तो वह सचमुच मुझे अपनी ही फ़्लाइट से ले जाने की हठ किए हुए थे।

कार वे ड्राइव कर रहे थे और मैं सुमति के साथ शॉपिंग कर रहा था। सुमति जिन कपड़ों को पहनने से अकसर इनकार कर रही थी, मैं उसे प्यार से वही कपड़े पहनने के लिए अन्दर भेज देता था, और जब वह बाहर आती थी तो हर आँख सुमति को ही देखती थी। यह निश्चित था कि मेरी फिल्म बनते ही एक नयी बहस शुरू हो जाएगी। एशियाई कविता, एशियाई फिल्म, एशियाई संगीत पर।

मैं सामान लादे हुए बाहर आया। मुझसे अधिक सामान सुमति के पास था और वह नये लिबास में वाकई एक नयी सुमति लग भी रही थी। कार सामने ही चाचा ने पार्क की थी। वे कहीं गये थे शायद।

तेरह

दबंग चाचा

कार सामने रुकी है इसका अर्थ है चाचा बैंक से आ चुके हैं।

कार की आगे की सीट पर बेल्ट बाँधे हुए एक देह थी। लुढ़की हुई वह किसकी गर्दन थी। न मैं कुछ समझ सका न सुमति। पुलिस उस कार को घेरे हुए इन्तज़ार कर रही थी। थाने में सिर्फ़ यह जानकारी मिली किसी व्यक्ति ने चाचा का नकली हस्ताक्षर किया था बैंक में और अस्सी हजार का ड्राफ़्ट लेकर वह भाग भी गया था।

गाड़ी में एक देह ही नहीं थी ख़ून से भरी हुई गद्दी और उस पर लुढ़की हुई गर्दन थी। आँखें फटी हुई, जीभ बाहर निकली हुई। यहाँ तक कि बैग पर उसी तरह ढीला पड़ा हुआ हाथ था।

बब्लू सोचता रहा मेरी फिल्म का क्या यही हश्र होना था। क्या आज तक मैंने इसी तरह सपने बनाए, सपने फाड़े नहीं है। रोज ही सिने रील के नये-नये स्पॉट चुनता था, और रोज ही उन्हें बेतरतीब छोड़ भी देता था।

थिम्फू में राजशाही की वह इमारत। उसके आगे चौड़ी सड़क पर सुमति का अभिनय। काठमांडू में चारों ओर से घिरी राजशाही सेना के बीच सुमति का अपने चन्द दोस्तों के साथ जनतन्त्र की लड़ाई का प्रदर्शन।

सब कुछ बिखर गया है। सुमति तो फिर दूसरी बार बिल्कुल सुध खो चुकी है। सिर्फ बाबा के कथक नृत्य के कुछ दृश्य आज भी मेरे सामने हैं, और उनके बीच में एक कार है जिसपर आगे की सीट पर है कटी हुई गर्दन के...।

कई बार वह कार के सामने आया। न पुलिस उस पर ग़ौर कर सकी। वह अन्धा व्यक्ति, सफेद छड़ी थामे, अचानक ठीक कार के दरवाजे के पास रुका भी रहा। ट्रैफिक जाम न हो, यह सोच कर कार को खींचकर एक ओर पटरी पर चढ़ा दिया था।

'क्या देख रहे हो सूरदास।' एक सिपाही ने पूछा।

'मैं संगीतज्ञ रूपचन्द। यहीं गुड़गाँव में मेरा नृत्य केन्द्र है। आज यही दबंग विश्वकर्मा ने मुझे बुलाया था—ठीक 6 बजे।'

'6 बज रहा है, पर...कार पर एक आदमी की लाश है, गर्दन किसी तेज धारदार हथियार से काटी है हत्यारे ने।' सिपाही ने सफाई दी।

'नहीं तब वह कोई और आदमी होगा। दबंग विश्वकर्मा, तो कलाकार भी है, बड़ा...।' दो पुलिसवाले संगीतज्ञ रूपचन्द से कुछ देर तक बहस करते रहे। पर वहाँ भीड़ बढ़ती देखकर वह उसे ठेल कर थाने ले जाने लगे।

तभी धुआँ, आग, भगदड़ के बीच न रूपचन्द संगीतज्ञ का पता लगा, न वह यह जान सके कि पुलिस ने जिस कार को जब्त किया है, उस कार में दबंग विश्वकर्मा की ही लाश है। या कोई और!

धुआँ चारों ओर फैल गया था और सामने के सिनेमाहाल में लोग आग की लपटों के भीतर चीख भी रहे थे या शीशे के दरवाज़े को तोड़ने की कोशिश कर रहे थे। लपटें कभी नीचे की मंजिल पर उठती उसे तोड़ने की कोशिश कर रही थी। लपटें कभी नीचे की मंज़िल पर उठती थीं। एक आदमी नीचे की मंज़िल से कूदा भी था उसके बाद कूदने वालों की ही लाइन लग गयी। तभी दमकल वालों ने सीढ़ियाँ लगायीं, पानी की बौछार की और जले-अधजले लोगों को दूसरी मंज़िल से नीचे उतारा।

सभी बदहवास थे। कुछ व्यक्ति जो सीढ़ियों से नीचे उतरे भी थे वह सिनेमा की चर्चा कर रहे थे।

बब्लू कभी दहकती हुई आग की लपटों के भीतर सुमति को खोजता रहा था, कभी पानी की बौछार से बचने के लिए सिर पर हाथ रखकर चीख रहा था। बुरी तरह वह भीग गया था। पैर और शर्ट से पानी टपक भी रहा था और उसकी आवाज़ न सुमति तक पहुँच रही थी, न वहाँ कोई यह जानने की उत्सुक था कि सुमति कौन है।

बम के धमाके की आवाज़ सुनकर ही चौराहे से ज्यों ही जयपुर की रोड पर पुलिस ने एक के बाद एक जयपुर जाती हुई बसों को रोक दिया था। भीषण गर्मी में बस के यात्री गर्मी से झुलस रहे थे। वह बार-बार ड्राइवर को आगाह कर रहे थे कि पुलिस को ले-देकर यहाँ से आगे बढ़ाओ। पर हरियाणा का पुलिस ट्रैफिक इंस्पेक्टर सख़्त था। न वह ड्राइवर की बात सुन रहा था, न वह बस के काग़ज़ात देख रहा था, वह सिर्फ़ गेट पर खड़ा होकर यह बता रहा था कि यह बस जयपुर नहीं जाएगी। लोग धीरे-धीरे ट्रैफिक पुलिस, बस ड्राइवर को कोस रहे थे तभी बम का धमाका सुनकर लोग भागे थे। सुमति उसी धक्का-मुक्की में किधर निकल गयी थी, उसे खुद ही मालूम नहीं चला। केवल शॉपिंग सेंटर की नयी पोशाक को सुमति अपनी दोनों बाहों में कसी हुई थी और भौंचक-सी बब्लू को खोज भर रही थी।

बस के सारे यात्री एक-एक कर नीचे उतर गये थे। ट्रैफिक इंस्पैक्टर ने पुलिस गश्तीदल को फोन किया था और चारों ओर रुकी हुई बस को पुलिस ने घेर लिया था। उसी घेरे में सुमति फँस गयी थी। वह न बस की यात्री है, न सिनेमा से भागकर यहाँ आयी है।

रूपचन्द संगीतज्ञ ने थाना पहुँचते ही अपने मोबाइल से संगीत विद्यालय में फोन किया था। मोबाइल की घंटी काफी देर तक बजती रही थी। अन्त में ऑपरेटर का जवाब दिया था—आपका नम्बर दूरी की वजह से नहीं मिल रहा है। कोई ऑटो रिक्शे वाला भी उस भीड़-भाड़ में रूपचन्द संगीतज्ञ के लिए रुकने को तैयार नहीं था। एक महिला बच्चे को खोजते हुए रूपचन्द को धक्का देते हुए चली भी गयी थी। दूसरा आदमी ठेलकर फिर थाने के दरवाज़े पर उसे छोड़ आया था।

रूपचन्द को लगा शायद भारतीय और पश्चिमी संगीत का इससे अच्छा कोलाज या जुगलबन्दी उसने कभी नहीं सुनी। उसे याद आया, इसी तरह बनारस में बाढ़ आयी थी और भावना बुर्जी पर नृत्य कर रही थी और एक झपट्टे में

एक लहर उसे बाढ़ की ओर फेंकती और दूसरी लहर फिर घाट की सीढ़ियों पर पटक देती। अनाम संगीतज्ञ कभी बाढ़ की आवाज पर आगे बढ़ता और कभी भावना को चीखकर बुलाता।

वह तो पन्द्रह-सोलह बरस का मांझी उदित उसी बुर्जी पर दण्ड-बैठक कर रहा था। वह रोज नियम से पहले बुर्जी पर बैठकर तेल मालिश करता, फिर दण्ड-बैठक करता और अन्त में बाढ़ कितनी भी तेज हो वह बुर्जी से गहरी छलांग लगाता। उस दिन भी उदित माँझी ने पहले गहरी डुबकी लगायी।

भावना काफी पानी पी चुकी थी और डूबता हुआ आदमी कोशिश करता है कि बचाने वाले आदमी को पूरी तरह कस ले या जकड़ ले। उदित अच्छा तैराक था, नाव और गंगा ही उसका घर-संसार था। उसने भावना को पीछे ठेल दिया, उसके बड़े-बड़े बालों को खींचते हुए घाट तक उसे ले भी आया। उसी ने रूपचन्द संगीतज्ञ की चीख सुनी थी। यह भी देखा था कि यह आदमी देख नहीं सकता है। उसने खाली सीढ़ी पर भावना को लिटा दिया था और आगे बढ़कर कहा था, 'देखो सूरदास, यह औरत बहुत पानी पी चुकी है।'

भीड़ के धक्के खाते हुए अनाम संगीतज्ञ को उस दिन की भावना की याद आयी थी। याद आयी थी उदित माँझी ने उसके पेट से कितना पानी निकाला था, कैसे उसी देह को उलट दिया था सूखी सीढ़ी पर। रूपचन्द सिर्फ भावना को छू सकता था।

पर भीड़ और गहनतम है। यहाँ न भावना है न उसके मित्र दबंग विश्वकर्मा नजर आ रहा हैं। थाने में बब्लू ने एफ.आई.आर. दर्ज़ की थी। एक, सिनेमाहाल के विस्फोट के समय सुमति कहीं खो गयी है। और दूसरी दबंग विश्वकर्मा उसके चाचा अपनी ही कार में नहीं है। वहाँ एक लाश है।

थाना इंचार्ज, एस.एच.ओ. कभी जले हुए या बम से डरे हुए सिनेमा के लोगों को देखता और कभी जयपुर की बस को घेरे हुए यात्रियों की शिकायतें सुनता। वह तो सुमति ने आगे बढ़कर कहा, 'न मैं जयपुर की यात्री हूँ, न सिनेमा देखने की कोई टिकट मेरे पास है। मेरे साथ बब्लू था। वह कहीं थाने या सिनेमा के पास मुझे खोज रहा होगा। आप मेरी मदद करें।'

तभी घनी मूछों के एस.एच.ओ. ने उसकी ओर देखा। 'थाने चल तेरी तलाश हो रही है।'

थाने के नाम पर एक बार सुमति घबरायी। दूसरी बार उसे लगा हो सकता है दबंग विश्वकर्मा मिल गये हों। उनकी तहकीकत पुलिस ने कर ली हो। वहीं बब्लू मेरा इन्तज़ार कर रहा हो।

आगे-आगे पुलिस के दो सिपाही और पीछे फैशन के नयी डिजाइन के कपड़े अपनी बाहों में कसे हुए सुमति सोचती जा रही थी—जिन्दगी मेरे लिए हर बार एक कड़ी अग्निपरीक्षा लेती रही है।

उसे रमता बाबा याद आये थे। याद आयी थी, बब्लू की लुंज-पुंज देह। न पैर सीधे होते, न हाथ।

चौदह

ज़िन्दगी कहीं से भी शुरू हो सकती है।

'मैं भावना हूँ।'

'कहाँ रहती हो?'

'मेरी एक मित्र थी, थी क्या है। अभी-अभी विश्वविद्यालय में रीडर बनी हैं। पाँच-छ: महिलाओं का एक ग्रुप बना, उसमें मैंने भी अपना नाम लिखा दिया था।'

'कहाँ गयी थीं?'

'सिंगापुर और मलेशिया। एक हफ़्ता समुद्र और उसकी सभ्यता के बाज़ार में अपनी छवियाँ देखना वाकई अच्छा लगता रहा।'

'तुम वाकई आत्ममुग्ध नारी हो। अपनी छवि को देखने की आदी बन चुकी हो।'

'नहीं, नारी कभी नारी से न तो मोहित होती है, न मुग्ध।'

'यह जनरल कमेंट तुम्हें मलेशिया में किसने सिखा दिया। एक वर्ग है जो अपने ही बारे में सोचता है, अपनी ही दुनिया में रहता है और कभी-कभी खिड़की खोलकर बाहर की आबोहवा में ही अपनी ही ख़ुशियाँ तलाश करता है। इन्हें खाए-अघाए लोग कहते हैं।'

'सुबह चार बजे से अभ्यास करती हूँ। नौ बजे गुरुजी अपना नया पाठ शुरू करते हैं और बारह बजे तक यह भी नहीं जानती कि मेरी कौन-सी छवि किसे खींचती है या मोहित करती है।'

'फिर भी आदमी जब बाढ़ में डूबने लगता है तो उसे केवल अपनी ही जान प्यारी लगती है।'

'तुमने अच्छी बात याद दिलायी। बनारस में मैं तब घाट किनारे नृत्य का अभ्यास करती थी और मेरे साथ तबले पर संगत करते थे रूपचन्द। उस दिन पहले घने काले बादल आये, लगा रेत पर केवल मैं ही नहीं प्रकृति भी मेघों की तरह नृत्य का अभ्यास कर रही है। उस दिन पास का एक ऊँचा दरख़्त पहले बिजली की कड़क के साथ चमका था और मैं नयी भंगिमा और उत्साह में एक सहगान का अनुभव कर रही थी। तभी दूसरी बार आसमान में बिजली की रेखाएँ चमकी थीं और मेरे देखते-देखते वह लम्बा दरख़्त दो हिस्सों में बँट गया था। एक हिस्सा बाक़ायदे ऊपर से नीचे तक जल रहा था और मैं महसूस कर रही थी कि मुझमें और रूपचन्द में कोई हिस्सा टूट चुका है। तभी बाढ़ का एक तेज रेला आया था। कहाँ इनका तबला फिक गया या पानी में तैरता रहा। कहाँ ये रूपचन्द अपनी सफेद छड़ी को उठाते हुए चीखते रहे, मुझे कुछ याद नहीं। बस, शुरू के समय में कुछ तैरना सीखा था। कहते हैं कुत्ते जन्म से ही तैरना सीख जाते हैं पर मैं तो हाथ चलाना भी नहीं जानती थी। कब, कितना पानी पिया, डूबकर कहाँ पहुँची, कुछ पता नहीं।

वह तो माँझी उदित था जो मुझे तो नहीं बहन को कभी तैरना सिखाता था। सिर पर नीली पट्टी नये तैराक को पहनाई जाती थी और लाल टोपी कुछ-कुछ हाथ-पैर चलाने वाले को। दीदी तो सीखकर दिल्ली चली गयी थीं और मैं बिना सीखे ही गंगा में जाकर हाथ-पैर चलाती रही थी। उस दिन उदित ने रूपचन्द से क्या कहा था मुझे पता नहीं पर काफी समय तक मेरे पेट का पानी निकाल कर उदित ने ही कहा था—'अब ख़तरा नहीं है।'

मलेशिया में जब घूम रही थी तो एक मेरी ही उम्र का आदमी था। गोल चेहरा, तीखी आँखें, ढीले कपड़ों के बावजूद वह हर बात में चुस्त था। उस दिन मोटर बोट पर उसने ही गिटार बजाया था और मेरा हाथ पकड़कर कहा था—'ज़िन्दगी कहीं से भी शुरू हो सकती है।' सचमुच उसने मलेशिया, सिंगापुर, इंडोनेशिया में हर बार एक नयी ज़िन्दगी शुरू की थी और हर बार ख़तरे के बीच से वह गिटार बजाता हुआ, मुझे बिल्कुल नया आदमी नज़र आया था।

मैंने अपनी सहेलियों से उसका परिचय कराया था। उसने सबको इंडोनेशिया आने की दावत दी थी। पर हमारी जेब और हमारा समय तो मलेशिया की एयर सेवा से बँधा हुआ था।

उसने वह सारे स्थान हमें दिखाये जहाँ सुनामी लहरों ने तबाही मचायी थी। अभी भी बस्ती की बस्ती धराशायी थी। अभी भी उस बस्ती में एक भी बाशिन्दा मुझे नहीं मिला। पर वह मुझसे अधिक सुनामी की चपेट को जानता था।

एक ताड़ के पेड़ पर मेरी निगाह गयी तो फक रह गयी थी। उस पर बैठा एक हँसमुख युवक कुछ गा रहा था। मैं उससे पूछा कि वह क्या गा रहा है। उसने कहा—'वह ज़िन्दगी जी रहा है। गाना या संगीत ज़िन्दगी का ही एक नाम है।'

—'तुम वाकई एक अच्छी किस्सागो हो। किस्सागो चाहे न भी हो, यात्रा में भी तुम अपने अकेलेपन को संगीत से भरना जानती हो।'

—यहाँ तो बब्लू सिनेमा में रखे बम विस्फोट में जल गया या उसके चाचा मार दिये गये, या रूपचन्द किसी दबंग विश्वकर्मा की हत्या में थाने में गिरफ्तार पड़ा हुआ है। केवल घबराई हुई सुमति का फोन कल आया था और वह फोन पर ही दहाड़ कर रो रही थी—'कहाँ खोजूँ बब्लू को।'

भावना ने फोन कुछ देर अपनी हथेली से दाबे रखा। न वह बब्लू के बारे में जानती थी, न ही उसे सुमति की याद आ रही थी, न ही वह पहचान सकी कि यह रूपचन्द संगीतज्ञ कौन है या उसे दबंग विश्वकर्मा की हत्या क्यों करनी पड़ी।

तब उसने फोन पर से अपनी हथेली उठाकर कहा—मैं जितनी खुश थी अपनी एक हफ़्ते की सैर के बाद, तुम्हारे चेहरे पर उतनी ही गहरी दुख की रेखाएँ देख रही हूँ। मैं नहीं जानती बब्लू का तुमसे क्या नाता है, या सुमति कौन है तुम्हारी? पर मैं अभी-अभी तुमसे मिलना चाहती हूँ। मेरी सारी खुशी, उत्साह ठंडा पड़ चुका है। नहीं, उत्साह मुझमें अभी भी है, केवल दुख की रेखाएँ जैसे सुनामी के बाद देखी थीं, मैं वैसी ही रेखाएँ अपने भीतर महसूस कर रही हूँ। पर तुम कभी यहाँ आ सकते हो। आने पर हम दोनों एक-दूसरे के अनुभव को सुनेंगे और हिस्सेदार बनेंगे। पर जब समुद्र फेंक रहा था इनसानों को सुनामी की लहरों में तब दूसरा आदमी क्या उसके दुख का हिस्सेदार था, शायद नहीं था।

विपिन कभी-कभी डॉक्टर रत्नेश की डिस्पेंसरी में बैठकर किसी बीमार को देखता है तो यही महसूस करता है कि उस अठारह साल की औरत को पीलिया है और उसके बेटे को दो दिन से एक सौ चार डिग्री बुखार है। जब

सिर पर रखा कपड़ा उसने हटाया तो मैं सचमुच सिहर गया, वह एक हड्डियों भरा बच्चा था कुल तीन महीने का।

पर तुम आओ तुम्हारे साथ रूपचन्द की भी तलाश करूँगा। आख़िर वो भी संगीत का ही पारखी है।

पन्द्रह

रमता बाबू की डायरी

पिछले छ: साल से कभी गंगोत्री के दो विशाल शिखरों को देखता रहा हूँ, कभी गंगा के प्रवाह को। यहाँ की एक प्रथा है, वह दो शिखर शिव और पार्वती कहे जाते हैं। मेरे लिए शिव विराग हैं और पार्वती अनुराग।

सुबह चार बजे मुझसे पहले मेरा, अल्शेसियन कुत्ता एक चट्टान से दूसरी चट्टान की ओर दौड़ता है और फिर कभी एक टाँग पर खड़े साधु को देखता, कभी बर्फ से ठंडे पानी में कमर तक बैठी महिला को देखता है। मेरे लिए यह सब धर्म का दिखावा है।

जिस दिन बंगलौर में बी.एस.सी. का रिजल्ट देख रहा था उसी दिन मेरे एक मित्र ने नौ उपनिषद् खरीदकर मुझे भेंट कर दिये थे। शायद मेरे भीतर के द्वन्द्व का वही दिन था जिसने मुझे माँ की ममता से तो कभी उदासीन नहीं किया लेकिन पत्नी की एक बात ने मुझे भीतर तक हिला दिया। अब छ: सालों के अन्दर न पत्नी का चेहरा याद है। माँ सिर पर हाथ रखकर यह पूछती, 'नौकरी नहीं करेगा, तो करेगा क्या?'

मैंने माँ की आँखों में अनुराग भी देखा था और पार्वती की तरह एक संशय भी : 'नययो न तस्थो।' पार्वती के आगे बढ़े हुए पैर और पीछे रुके हुए पैर में जो अन्तराल था उस समय मैं उसे नहीं जानता था कि वही अन्तराल मेरे जीवन के शिव और पार्वती के शिखरों के बीच से फूटती हुई गंगा की धारा में बदल जाएगा। फिर रोज ही गंगा पर ही सोचा करता था। गंगा ही मेरे भीतर के संशय को काटती थी। पत्थरों की तरह झेलकर नया आकार देती थी मुझे।

एक छोटा कमरा है यहाँ अपना—आठ गुना आठ का। अब यही मेरा आश्रम है। बाबा काली कमली के आदमी मुझे देखते हैं। मुझसे मिलने वालों से संवाद करते हैं। पर यह तो मेरे रमता बाबा बनने के पहले की कथा है। अब गंगोत्री से उत्तरकाशी तक का गंगा के जल के स्वाद में क्या अन्तर है। धारा कहाँ तेज है कहाँ धीमी। कहाँ किस जड़ी-बूटी का स्वाद घना है। यही मेरी दिनचर्या का हिस्सा है।

उस दिन नेशनल ज्योग्राफिक के कुछ व्यक्ति आये थे। कुछ देर वे मेरे कमरे की फोटो खींचते रहे। कुछ देर वह उपनिषदों पर नोट्स लेते रहे, लेकिन जब मैंने 'गंगा-ए-रिवर ऑफ मिथ एंड सांइटिफिक रिसर्च' लेख दिया था तो उसकी कॉपी लेते समय उन्होंने पूछा था, 'आप यहाँ कब तक रहेंगे?'

मैंने एक चट्टान पर खड़े होकर पहले आकाश को देखा था। फिर दोनों शिखरों के ऊपर बर्फ की चमक देखी थी जिसके आसपास कहीं सूरज के उगने का संकेत था। फिर अपनी प्रिय शिला पर बैठ गया था और गंगा से संवाद करने लगा था।

गंगा कभी अतीत में नहीं मुड़ी। मुझे भी माँ रमता जोगी कहती थी।

मैं कभी बंगलौर से दूर किसी पहाड़ी पर चला जाता था। कभी त्रिची में घूमता रहता। कभी मदुरई के विशाल मन्दिर के कोने में बैठकर सोचता-अगला कदम कहाँ पड़ेगा?

उस दिन मैसूर से सीधे पहाड़ पर चला जा रहा था चामुंडी देवी के दर्शन के लिए। दर्शन से अधिक पहाड़ पर सर्पाकार सड़क पर रात में झिलमिलाते बल्ब की झालर देख रहा था। वह झालर की रोशनी कभी मुझे कन्याकुमारी की ओर चलने की दावत देती कभी 'श्रवणबेलगुला' का विशाल काला पहाड़ आँखों में आ जाता। पहाड़ को काटकर बनी हुई सीढ़ियाँ और पहाड़ के ऊपर मन्दिर की दीवार। सब कुछ देखते हुए मुझे लगा कि यह मैं ही हूँ। जीवन से ऊँचा और जीवन के अन्दर बँधा हुआ भी।

जब अन्दर जाकर लम्बी मूर्ति देखी, तो लगा मैं ही उदात्त हूँ। सिर्फ अपनी कुंठाओं, अपनी लालसाओं के वस्त्र उतारने से डरता था। मैं सिर्फ पैर से जाँघों तक एक लता लपेटे था महावीर के पैर सा।

फिर रोज आठ गुणा आठ की अपनी छोटी-सी कोठरी से उठता था और आकाश के तारों को पहचानते हुए सीढ़ियाँ चढ़ने लगता था। भोर के आकाश

का अपना रंग था। अपनी रोशनी थी। फिर मैं और महावीर की विशाल मूर्ति लगातार आमने-सामने रहते-चुपचाप संवाद करते हुए।

महावीर और बुद्ध और शिव धीरे-धीरे विशालता का प्रतिरूप बनते गये। जब कन्याकुमारी में रातभर घूम रहा था तो समुद्र में खड़ी हुई एक विशाल चट्टान कभी बुद्ध का रूप लेती, कभी महावीर का और कभी नृत्यरत शिव का।

किस दिन मैंने कन्याकुमारी से नृत्य की गति पकड़ी। किस दिन मुझे लगा संगीत से अधिक अन्त:संवाद की कोई भाषा नहीं होती! किस दिन एक शिला पर खड़े-खड़े पैर-हाथ नृत्य की मुद्राओं में ढलते गये। रूपान्तरित होते गये।

आज गंगा शिव का तांडव नृत्य भी है, महावीर की शाम की उदात्त मूर्ति भी है और सुबह अकसर लगता है कि अजन्ता के बुद्ध सूर्य से पहले मुस्करा रहे हैं।

गंगा पर मेरा लेख जिस नेशनल ज्योग्राफिक में छप गया था उसके कुछ डालर आये थे। मैंने माँ के पास भेज दिए थे। लेकिन मेरे भीतर का रमता बाबा कभी पार्वती शिखर को देखता और कभी शिव के शिखर से संवाद करता। नृत्य और नृत्य और नृत्य...संगीत ही मेरी भाषा बन गया, मुद्राएँ ही मेरी लिपि।

अब विशाल वल्लत्तोल स्टेशन पर कभी ट्रेनें रुकती हैं पर मैं जिस समय आठ वर्ष की उम्र में यहाँ आया था तब वल्लतोल छोटे-छोटे बच्चों को मुखौटे पहनाकर कथक की मुद्राएँ सिखाया करते थे। कभी-कभी बच्चों को घुटने भर समुद्र में खड़ा कर देते थे और कहते थे, 'दोनों हाथों से ताल दो और उस ताल को समुद्र की लहरों से मिलाओ जैसे समुद्र ही मृदंग बजा रहा हो।' फिर वह ख़ुद महाभारत की कोई कथा सुनाते और पात्र का अनुभव करते और अपनी कविता का पाठ करते।

लगता था समुद्र और उनकी कविता का स्वर समान गति से थाप देता है या गति पैदा करता है।

रात में सारे बच्चे एक झोंपड़ी में अपनी-अपनी चटाई बिछाकर सोते थे। मेरी चटाई बिछते ही वह छोटा सा बच्चा मेरे पास आ जाता था। न मैं उसकी भाषा जानता था, न वह मेरी। फिर भी एक-एक मुद्रा और भंगिमा से वह कभी अपनी कहानी सुनाता कभी मुझसे पूछता।

सुबह चार बजे सभी बच्चे हॉल में आ जाते थे। कथा के अनुसार अपने मुखौटे लगाते और वल्लतोल उनको एक-एक भंगिमा सिखाते। चेहरे पर मुखौटे लगे रहते पर आँखें उन मुखौटों में अपना गहरा असर छोड़ जाती।

क्यों वल्लतोल के बाद मैं अचानक वहाँ से हटा, क्यों मुझे लगा कि कथक में कथन का ही भाव अधिक है। एक गुरु ने मेरी बात ध्यान से सुनी और मुझे भरतनाट्यम सीखने के लिए एक नृत्यांगना के पास भेज दिया।

अद्‌भुत था उस नृत्यांगना का लय संस्थान। अद्‌भुत थी उसकी आँखों की भाषा। मैं तो पाँच-छः दिन तक केवल नृत्य करते हुए उसे ही देखता रहा था। दो-दो तीन-तीन घंटे वह नृत्य करती थी और न कभी थकती थी, न उसकी भंगिमा से यह लगता था कि नृत्य से अलग उसकी कोई जीवन की गति है।

एक दिन उसने मेरे पैर में घुँघरू बाँधे और केवल ताल सिखाया। सीखते हुए मैं जब उसकी ओर देखता था तो वह हँसकर कहती थी, 'तू नहीं सीखेगा, मैं जानती हूँ तू सीखेगा नहीं। तेरे भीतर तो खुद शिव बैठा हुआ है। जा।' और उसके कहने का असर भी हुआ। या मेरे भीतर बैठे शिव ने यह बात दोहरा दी कि शिव का गुरु कौन था, पर्वत, नदी, आकाश या समुद्र? जब वह नृत्य करता था तो लगता था पूरी पृथ्वी हिल रही है, आकाश ताल दे रहा है, समुद्र थाप दे रहा है मृदंग की। और पहाड़ पर झुके हुए पेड़ केवल शिव की ही भंगिमाओं का अनुसरण कर रहे हैं।

और उसी दिन मैं हरिद्वार आ गया था। पूछते-पूछते नदी के किनारे चलता रहा। कहीं पेड़ के नीचे सो जाता, कहीं गंगा का पानी पी लेता। अचानक एक महिला ने कहा जिसकी भाषा मैं नहीं समझ सका, पर मातृत्व की भाषा तो नदी की भाषा होती है। उसने पत्तों का एक दोना बनाया, एक पत्तल बनायी और मेरे देखते-देखते फलों का पहला आहार मैंने किया। फिर वह मेरे लिए रास्ता बनाती गयी। जहाँ रुकती वहाँ मेरे लिए फलाहार खोजकर लाती।

एक दिन मैं नदी के एक सपाट मैदान पर खड़ा था और कभी कथक की भंगिमा का अभ्यास करता कभी भरतनाट्यम की मुद्राएँ मेरे भीतर से फूट पड़ती।

उस दिन एक कुएँ के पास माँ ने मुझे बैठा दिया। गहरी लम्बी दाढ़ी, आँखों में तेज, सिर पर वर्षों से बँधी हुई जटा, वह साधु था, विरक्त था या सशरीर नृत्य था। मैं आज तक उनके किसी भी रूप को समझ नहीं सका। हाँ, गंगोत्री तक उसके साथ सीखता ही रहा।

पेड़ों का परिचय उसने ही मुझे कराया, नदी का जल अंजलि में लेकर उसने ही मुझसे कहा, 'चख, यह रंग यह स्वाद आगे नहीं मिलेगा।'

बचपन की वह घुमक्कड़ी थी या वह संगीत के प्रति बावलापन था। भैरों घाटी तक माँ ऐसे बहुत कुछ सिखाती गयी।

फिर माँ कहीं चली गयी और केवल गुरु यह बताकर कि अब सीधा यह रास्ता तुझे गंगोत्री तक ले जाएगा। धरासू से नदी तक का पाट चौड़ा होता गया था और भैरों घाटी में लगता था हर मोड पर गंगा मुझे शिव के नृत्य की कोई भंगिमा सिखा रही है, 'ता...ता...धिक ता।' जाने कितनी देर तक नृत्य करता रहा अकेले, नदी की लय और पत्थरों की थाप के साथ।

उस समय सचमुच अचेत था। पहाड़ महज पहाड़ लगे थे और शिव पार्वती के शिखर दो समानान्तर आकृतियाँ लगी थीं।

फिर अचानक माँ की याद आयी और लौट पड़ा। सब कुछ अधूरा। न नृत्य सीख सका वल्लतोल से, न भरतनाट्यम का अभ्यास कर सका, न रास्ते की माँ से धीरज का पाठ सीख सका। न गुरु से यह पूछ सका कि नृत्य में ही क्यों मेरा मन रमता है। माँ ने फिर पढ़ाई में लगा दिया और एक दिन बी.एस.सी. प्रथम श्रेणी में पास करने के बाद माँ ने एक सजी-सँवरी औरत को मेरे सामने खड़ा कर दिया, 'यह मेरी बहू है।'

मैं फिर भागता रहा। माँ से, घर से, पत्नी से। कभी विरक्त, कभी अनुरक्त। कभी निराश, कभी वाचाल। एक दिन माँ ने ही कहा, 'तू न नौकरी करेगा, न घर-गृहस्थ बनेगा, करेगा क्या?'

मैं रात भर यही सवाल ख़ुद से पूछता रहा, किम करोमि क्व गच्छामि। और अपनी तरह देखा और लगा यही मेरी नृत्य की पहली पाठशाला है। इससे उदात्त, इससे महत् कोई जगह नहीं है। फिर रोज ही शिव के शिखर को देखता और रोज ही पार्वती की छवि नृत्य में उतारता। कभी रात-रात भर नाचता रहा और आकाश और नदी और शिव के शिखर एकटक मुझे देखते रहे।

सोलह

आशू बाबू

नेहरू ने कभी अपना खाका खींचते हुए 'चाणक्य' नाम से एक लेख लिखा था, और यह आशंका व्यक्त की थी कि 'मैं कितना भी प्रजातान्त्रिक मूल्यों पर

आस्था रखने वाला हो जाऊँ, कभी भी मेरा रूपान्तरण हो सकता है, यानी मैं प्रजातान्त्रिक भारत का तानाशाह बन सकता हूँ।'

रात के धुँधलके में जब घर में सोए हुए व्यक्तियों को इन्दिरा गाँधी की पुलिस ने आपातकाल के अधीन गिरफ्तार किया था, तो आशूबाबू संगीत सम्मेलन की तैयारी कर चुके थे, उनके सामने था गिरफ्तारी का वारंट। तभी उन्होंने 'चाणक्य' नाम से नेहरू के उस लेख की कटिंग दरोगा को पढ़ने को दी थी और कहा था, 'नेहरू तो तानाशाह नहीं बन सके, पर उनकी बेटी ने यह बता दिया कि वह कितनी कुशल तानाशाह हैं।' जब दारोगा केवल मुस्कराया था और सूचना अधिकारी दत्त शम्भु अपने चश्मे को रूमाल से साफ कर रहा था। आपातकाल लगते ही किसी को भी गिरफ़्तार करने का अधिकार उसे मिल चुका था। हर अधिकारी को राष्ट्रीय प्रेस से किसी भी खबर को न छापने की सख़्त हिदायत वह दे सकता था।

दिल्ली में एक बैंक से आपातकाल लगते ही एक कार की डिग्गी में लाखों रुपये यहाँ से वहाँ जा रहा था। और एक सिरफिरे पत्रकार ने इसकी सूचना दे दी थी। उसे और उसके मालिक को इसका दंड भुगतना पड़ा था।

सूचना अधिकारी दत्त शम्भु हँसमुख स्वभाव का पतला-दुबला आदमी है। अकसर वह आशूबाबू की मदद से बनारस के संगीत घरानों पर सचित्र लेख लिखा करता था। आज वह आशूबाबू को गिरफ़्तार करते हुए आँख मिलाकर उन्हें देख नहीं रहा था।

आशूबाबू ने उनकी ठुड्डी उठाकर उसका चेहरा खुद देखा था और आँखों में झाँकने की कोशिश की थी। वहाँ शायद आँखें थी ही नहीं। पलकें बन्द थीं और सूचना अधिकारी अपने ही एक लेख को याद कर रहा था।

'एक कथक और भरतनाट्यम के निष्णात पंडित इसी शहर में रहते हैं। न वह किसी संगीत समारोह में जाते हैं, न कभी किसी ने उन्हें कथक या समारोह में जाते हुए देखा हैं, न कभी किसी ने उन्हें कथक या भरतनाट्यम करते हुए देखा है। फिर भी वह न केवल इस कला के उस्ताद हैं बल्कि ग़ालिब की तरह अपनी ही कला के ख़ुद उस्ताद भी हैं।'

अपने लेख को लेकर जब सूचना अधिकारी बहुत ही गद्गद् भाव से बब्लू के साथ गये थे, रमता बाबा के पास। पहली बार उन्होंने क्रोध के साथ देखा था दत्त शम्भु को और सुमति से कहा था, 'दरवाज़ा उढ़का दो।'

आज सूचना अधिकारी को लगा कि संगीत के सारे दरवाज़े आपातकाल लगते ही सबके लिए बन्द हो चुके हैं। कोई नफ़रत से उन्हें देखता है। कोई आशूबाबू की तरह केसर के कतरे से पान खिला कर हँसता है।

थाने तक पैदल ही गये थे आशू बाबू। वहाँ बहुत से विरोधीदल के नेता बैठे हुए थे। राजनीति में आशू बाबू के गुरु ने सीपीएम की सदस्यता ले ली थी। कल तक वह फ़ारवर्ड ब्लॉक में बन्दूकधारी सिपाही थे।

आशूबाबू को याद है गया से कलकत्ते तक रायसाहब उनके लाख कहने पर भी न बैठे थे न लोअर बर्थ पर लेटे थे जब नींद आती थी तो एक झपकी लेते हुए कभी इधर की, कभी उधर की सिगड़ी पकड़ लेते थे। कलकत्ते पहुँचकर उन्होंने बताया था कि 'बन्दूक उनके पैर में बँधी है और पुलिस उनकी तलाश में है।'

आशू बाबू का यह रूप न सूचना अधिकारी दत्त शम्भु को पता था, न ही शहर के सीआईडी अधिकारी जगत राय को।

जेल में भी आशूबाबू संगीत की बैठकें करते। केवल वाद्ययन्त्र के अभाव में तसले और थाली को ही बजाकर कोई राग छेड़ देते और पूरा बैरक संगीतमय हो जाता।

आपातकाल के बाद जो पहला चुनाव आया उसमें उनके गुरु रायसाहब ने बहुत ज़ोर दिया और आशूबाबू ने संसद के लिए नामांकन पत्र भर दिया।

छोटे-छोटे बच्चे, औरतें, शहर की गलियों में गाना गातीं और आशूबाबू की तस्वीर हाथ में उठाता, सीपीएम का झंडा शहर में लहराता। पहली बार काँग्रेस के बड़े घुटे हुए सांसद भवनाथ सिंह अपनी भूमिहार राजनीति का गणित मिलाते हुए पच्चीस हज़ार वोट से हार गये थे। सारी कोशिश के बावजूद एक भी काँग्रेसी न संसद में चुना गया न विधानसभा में।

आपातकाल के बाद इन्दिरा गाँधी ने भी चाणक्य नाम से नेहरू का लेख पढ़ा होगा। वह बहुत देर तक आदमक़द शीशे के सामने अपनी हार का मायूस चेहरा देखती भी रही होंगी।

कल तक जिसकी तूती बोलती थी आज वह अपनी ही आपातकाल की गिरफ़्त में थीं।

आशूबाबू जब पहली बार संसद में गये तो उन्हें अपने सिल्क के कुर्ते, चौड़े पाट की धोती का किनारा अच्छा लगा। जहाँ सब कार से जा रहे थे, आशूबाबू

खरामा-खरामा संसद तक पहुँचे थे और अपनी जीत पर, जिला मजिस्ट्रेट का आदेश पत्र दिया था।

सिर्फ जब संसद से लौटकर पहली बार आशूबाबू बनारस आये, तो उनसे मिलने सबसे बड़े होटल के मालिक आये, शराब के ठेकेदार आये, फिर बैंक घोटाले के मुंशी आये। सबसे संगीत पर बात करने के बावजूद वह जब रमता बाबा की ड्योढ़ी पर सिर नवाने गये तो उन्होंने बहुत देर तक आशूबाबू को देखा। उनके साथ के लोगों को बाहर घाट की सीढ़ियों पर बैठा दिया और आशूबाबू से कहा, 'आज दूसरी बार मेरा स्वप्न भंग हुआ है।'

आशूबाबू ने सिर झुकाकर माला उनके पैर पर रख दी थी। और कहा, 'आपका स्वप्न अभी भंग नहीं हुआ है। वह कभी भग्न नहीं होगा...''

—मैं इस कोठरी में पिछले दस साल से क्या करता रहा इसकी केवल कुछ ख़बर सुमति को है, कुछ तुम्हे है और कुछ बीमार बब्लू को थी। आज मुझे लगा मेरा कोई गुरु नहीं था इसीलिए मैं साधना इसी कमरे में कर सका था। मैं चाहता भी नहीं था कि कोई मुझे कथक के रूप में याद भी करे। लेकिन तुम्हारे सूचना अधिकारी दत्त शम्भु ने जाने क्या-क्या बातें मेरे बारे में सुनी और धर्मयुग में छपवा दी थी।

उस दिन मुझे सचमुच लगा कि गंगोत्री से काशी तक की मेरी सारी साधना महज एक 'दुख की रेखा' थी जिसे आज तुमने चुनाव जीतकर मेरे सामने मेरी ही तस्वीर को उलट कर चौराहे पर टाँग दिया है। जाओ अब तुम्हारा रास्ता संगीत का नहीं, राजनीति की दलाली का है। तुम्हारे इन्तज़ार में शहर के सबसे रईस लोग बैठे हैं। मेरी तुमसे यह आख़िरी भेंट है।

आशूबाबू एक शब्द बोल नहीं सके। सिर्फ़ उनका हाथ रमता बाबा के चरण पर था और वह फफक कर रो रहे थे।

—मैंने ही वैद्यकी में लाखों रुपये खोए, पर उसका दुख नहीं। उसका भी दुख नहीं कि संगीत के हर बड़े उस्ताद को इसी शहर में बड़े सम्मान देने के बाद भी मैं मंच पर कभी नहीं आया। उस दिन वायलिनवादक जोग ने जब मेरा हाथ पकड़कर कहा था 'तुम संगीत के छिपे उस्ताद हो।' मैंने उस दिन भी फोटोग्राफरों को इशारा कर दिया था कि मेरी कोई तस्वीर किसी के साथ न छापें। लेकिन आज न वह कुछ कह सके, न सफाई देने की इच्छा उनमें पैदा हुई।

नियम से उनका वैद्यकी और संगीत का दफ़्तर राजनीतिक अखाड़े में बदल गया। नियम से उनके नार्थ एवेन्यू के बंगले में सेठों की कारें खड़ी रहने लगी। नियम से आशूबाबू कभी होटल इम्पीरियल में कभी अशोक में नजर आने लगे।

सिर्फ उनके साथ बनारस का सूचना अधिकारी दत्त शम्भु उनका निजी सचिव हो गया था। पर दोनों न आपातकाल पर बात करते थे, न बब्लू पर, न सुमति पर।

एक दिन सुमति का फोन ज़रूर आया था, 'बुलन्द विश्वकर्मा मारे नहीं गये, सिर्फ उनकी जगह उनका ही एजेंट रूपचन्द मारा गया है। अभी बब्लू और मैं सुमति अपनी फ़िल्म के सिलसिले में आपसे मिलना चाहती हूँ।'

'आशूबाबू से मिलकर फिल्म फाइनेंस बोर्ड से क्या चाहती हो?'

'यह तो बब्लू बता सकते हैं, या दबंग विश्वकर्मा चाचा। अभी मैं या बब्लू या चाचा दिल्ली में अपनी फिल्म का सपना देख रहे हैं। और रूपचन्द से केस लड़ रहे हैं।

आशू बाबू ने फोन दत्त शम्भु से छीन लिया था, कहा था, 'अब हर जोड़-तोड़ पर, हर दलाली के लिए मेरा दरवाज़ा खुला हुआ है। बस संगीत, कला से मेरा कोई नाता नहीं रह गया है।'

'मैं बब्लू बोल रहा हूँ। आपका नाता संगीत-कला अकादमी से भी है और फ़िल्म फाइनेंस बोर्ड से भी और फ़िल्म सेंसर बोर्ड के आप दबंग नेता आज भी हैं। क्या मैं गलत कह रहा हूँ?'

'शायद तुम ही सच कह रहे हो, क्योंकि मेरा संगीत-नृत्य से कोई नाता नहीं रह गया है। केवल अपनी भूलों का नक़्शा अब रोज़ देखता हूँ और रोज़ अनाम बाबा की तस्वीर के आगे अपने ही कलाकार की मौत का मर्सिया पढ़ा करता हूँ।

'तो मैं, बुलन्द चाचा और सुमति अभी आ रहे हैं।'

नार्थ एवेन्यू के फ्लैट में अब सुमति का अपना कमरा है। ऐसे ये पूरा फ्लैट ही उसका घर है। आशूबाबू यहाँ संसद के कार्यकाल में ही आते हैं। फिल्म, संगीत और फिल्म फाइनेंस कमेटी की उनकी बैठकें लगातार चलती रहती है। शायद ही वह अभी सुमति के साथ नाश्ता करते हों या खाना खाते हों।

अचानक ही फोन की घंटी बजी। सुमति ने फोन उठाया, 'आशूबाबा का यह घर है? वहाँ मेरी बहन सुमति रहती है।'

'शान्ति' कहकर सुमति बहुत देर तक चुपचाप खड़ी रही। उसे जीजा की उस दिन की हरकत याद आयी। याद आयी उनसे मिला सुजाक का घिनौना रोग। घिन हुई थी उसे अपने शरीर से। याद आयी उसे घर से बेघर करने का शान्ति का फ़रमान। आज वही शान्ति...।

''मैं शान्ति। तुझे कहाँ-कहाँ खोजती रही। क्या मुझसे मिलना नहीं चाहेगी?'

'मैं कौन होती हूँ मिलने या न मिलने की चाहना करने वाली।'

'पिछले चुनाव में तेरे जीजा गोली के शिकार हुए थे। कुरमी और भूमिहारों का पुराना झगड़ा था। अब मैं अकेली हूँ....।'

'...क्यों मिलना चाहती है?'

'मैं तो उसी दिन मर चुकी थी जिस दिन स्टेशन पर ज़बरदस्ती तुझे एक ट्रेन पर बैठा दिया था और कहा था—'चाहे काशी में जाकर गंगा में कूद जा या प्रयागराज में। अब इस गाँव में तेरे लिए कोई जगह नहीं है।'

'मैं कुछ भूली नहीं हूँ।'

'गोली लगने के बाद, तेरे जीजा ने पहली बार तेरा नाम लिया था—सुमति।'

'उनके मुँह से अपना नाम सुनकर न मैं अब खुश हो रही हूँ, न दुखी।'

'सुमति, मैं स्टेशन से फोन कर रही हूँ। एक स्कूटर वाला नॉर्थ एवेन्यू और एम.पी. साहब का नाम सुनकर मुझे वहाँ छोड़ने को तैयार हुआ है। मैं तेरे सामने ही मरना चाहती हूँ।'

शान्ति ने फोन रख दिया क्योंकि टेलीफोन बूथ पर लम्बी लाइन लगी हुई थी। उसने सामान स्कूटर पर रखा। सामान के नाम पर एक अटैची थी जिसमें कुछ कपड़े थे और एक पर्स था। शान्ति अब खद्दर पहनती थी, मोटा। वहीं के एक कॉलेज में हिन्दी टीचर थी। उसे पति की हत्या से डरकर गाँव और घर छोड़ना पड़ा है।

स्कूटर ठीक नॉर्थ एवेन्यू के लॉन के पास रुका। नम्बर और लॉन और लॉन पर एक विशाल पेड़ को देखकर शान्ति ने हरी घास काटते हुए माली से पूछा, 'यह एम.पी. साहब का मकान है?'

'यह पूरी बस्ती एम.पी. साहबों की है। साहब अंडा और गोश्त खाते हैं और हम लॉन में हड्डी उठाते हैं।' खीझ कर माली ने जवाब दिया।

'सुमति मेरी दीदी है। आशूबाबू...एम.पी.।'

'सामने घंटी है, दबा दो।' माली ने बताया।

घंटी बजने पर सुमति ने ही दरवाजा खोला। और शान्ति को देखकर दहल गयी। अच्छी-खासी शान्ति अब एक हड्डी का ढाँचा-सी नजर आयी। गले में बेल्ट बँधा हुआ था। वह बार-बार अपना चश्मा पोंछ रही थी, खादी की साड़ी के पल्लू से।

'तुम्हें हुआ क्या है?' हाथ पकड़कर वह शान्ति को अन्दर लायी। स्कूटर वाले ने सामान ड्राइंगरूम में रख दिया। सुमति ने पैसे दिए। फिर गौर से उसकी ओर देखा, 'यह हाल बना लिया है?'

'पटना के डॉक्टर ने नाउम्मीदी बतायी है। कंठ नली में कैंसर है।' शान्ति बोल नहीं पायी।

सुमति ने अपने परिचित डॉक्टर चटर्जी को फोन किया। वह पार्लियामेंट जा ही रहे थे। 'डॉक्टर चटर्जी आप पार्लियामेंट जाने से पहले यहाँ से होते हुए जाइए।'

'क्या बात है, सुमति?'

फोन रखकर डॉक्टर चटर्जी ने अपनी गाड़ी गैरज से निकाली। गेट पर ही सुमति खड़ी थी। डॉ. चटर्जी ने उसका चेहरा देखा, हवाइयाँ उड़ रही थीं।

'यह मेरी बहन शान्ति है।'

डॉक्टर चटर्जी ने जब तक शान्ति के कागज देखे, सुमति चाय बनाने लगी। किचन में जाते ही उसकी पहली इच्छा हुई फफककर रोने की।

'यह तो मैंने कभी नहीं चाहा था, पर मेरे चाहने से क्या होता है।' उसने मुँह पर कपड़ा रखा ताकि डॉक्टर और शान्ति उसकी चीख सुन न सकें।

सारे काग़ज़ात देखने के बाद डॉक्टर चटर्जी ने कहा, 'मैं चल रहा हूँ। आज ही हेल्थ मिनिस्टर से बात करूँगा। तुम आशूबाबू को फोन कर दो।'

'आशूबाबू एक डेलीगेशन में मास्को गये हैं। दो हफ्ते बाद आएँगे। बब्लू और दबंग चाचा भी उनके साथ अपनी फिल्म की शूटिंग पर गये हैं।'

'कोई बात नहीं, मैं डॉक्टर को फोन कर दूँगा। आज ही इनका 'एम्स' में थौरो चेकअप हो जाएगा।'

चाय का कप लेकर डॉ. चटर्जी ने सुमति से कहा, 'रिपोर्ट से लगता है 'लास्ट स्टेज' है, फिर भी डॉक्टर मेरे मित्र हैं। वह कैंसर डिपार्टमेंट के इंचार्ज भी हैं।' उन्होंने सुमति की ओर देखा, 'यह वही तुम्हारी बहन है...'

दोनों की आँखों में घृणा और केवल घृणा के भाव थे।

'डॉक्टर मैं बब्लू, आशूबाबू और न जाने कितने लोगों के सहारे आज एक...'

उसके आँसू पोंछते हुए डॉक्टर चटर्जी ने कहा, 'मैं सब कुछ जानता हूँ। आशूबाबू ने सब कुछ बताया है। फिर भी तुम अपनी बहन के लिए परेशान मत हो। मैं आज ही हैल्थ मिनिस्टर से मिलकर इसे स्पेशल वार्ड में भर्ती करा दूँगा।' सुमति ने पीछे मुड़कर देखा। शान्ति दरवाज़े का पल्ला पकड़कर रो रही थी।

□ □

बिगड़ी तस्वीरों का एलबम

एक

मैं अब जंगल में आकर रहने लगी, दूर तक सन्नाटा था। बस रात में देर से बुग्गी आती। और ये सोए हुए उठ जाते। मैं डरती, कोई भी एक हड्डी के आदमी को...। फिर डर को अपने तक रखकर बाहर आती।

ये कह रहे थे—चोरी और ऊपर से सीनाजोरी।

—क्या करूँ साहब दिन में चुंगी वाले लूटते हैं।

—तो रात में डकैती...।

—देखो साहब हमारा तो पेशा डकैती है, उसमें क्या शर्म।

मैंने इनका हाथ थामा और खींचती हुई अन्दर लायी। एक बड़ा कमरा अभी बना। वह भी कमज़ोर दरवाज़ों का है। कोई भी ज़ोर से धक्का दे तो...

यह हँस रहे हैं। बुग्गीवाला भी हाथ मिला कर आपस में हँसते हुए चला गया। बस मैं फिर सो नहीं सकी...। कैसे सोती।

उस दिन मैं और सुषमा स्कूटर से घर जा रहे थे। शाम ढल चुकी थी। दूर तक घने पेड़ों पर चिड़ियाँ सो गयी थीं। साया पेड़ों पर झूल रहा था। रुकी कार की रोशनी से साया कपड़ा पहनी औरत से इधर-से-उधर नजर आता। मैं सुषमा का हाथ थाम कर सोच रही थी—उस दिन बुग्गीवाला छुरा निकाल लेता तो क्या करती मैं। या ये चीख कर किसे बुलाते।

तभी ठीक राजघाट पर स्कूटर रुक गया।

—क्या हुआ? सुषमा ने पूछा।

मैंने देखा सड़क ख़ाली है और स्कूटरवाला सामने खड़ा है।

—क्या बात है। अपने डर को दबाते हुए मैंने पूछा।

उसने कट्टा निकाला और फुसफुसाया—'जो है दे दो।'

सुषमा ने पहले घड़ी दी। पर्स से ताली निकाली, मैंने सोचा यहाँ से कोई

बस शायद मिले। चेन मैंने ब्लाउज में छिपा लिया, फिर चारों ओर देखा, शायद गाँधी का कोई चमत्कार घट जाए।

विद्युत शवदाह तक पैदल आये हम। अपने-अपने डर की कहानी भीतर नोट करते रहे। तभी एक स्कूटर ठीक शवदाह के सामने रुका। सुषमा ने डरकर मेरा हाथ थाम लिया। मैंने देखा, जीन्स पेन्ट और काली शर्ट में वही स्कूटर वाला है। कुछ लंगड़ा रहा है। इस बार हमने कुछ नहीं कहा। बस पैदल चलते रहे। लालकिले की दीवार लम्बी होती गयी और अपना-अपना डर मील भर लम्बा होने लगा।

—आओ बैठ जाओ!

मैं चुप रही। सुषमा को याद आया कैसे वह हत्यारे पति के चंगुल से भागकर दिल्ली आयी थी। पिता और पति दोनों मिल गये थे। सुषमा से एक ही बात दोनों कह रहे थे—'तीन हजार कमाती है। दे दें इसे दस हजार। करेगी क्या!'

दोनों मिलकर रोज शराब पीते। रोज बेटी के हॉस्टल आते। उस दिन पिता दरवाजे पर लुढ़क ही गये थे और पति मेरा हाथ खींच रहा था।

'देती है या दूँ चार जूते सिर पर।'

हॉस्टल का चौकीदार लाठी पीट रखा था। नवनीत है मेरे पति का नाम डर कर वहीं वह बैठ गया था। मैं जान लेकर भागी और स्टेशन पर खड़ी थी काशी-विश्वनाथ ट्रेन। मैं बैठ गयी। दिल्ली में एक इण्टरव्यू का भी सोचा वहीं रह जाऊँगी। पिता और पति से तो जान बचेगी।

—आओ बहन जी बैठ जाओ। न मैं लुटेरा हूँ। न खूनी...वह सफाई देता रहा।

मेरा एक मन हुआ बस अड्डे तक बैठ जाऊँ। पर सुषमा ने गौर से देखा उसका चेहरा और मोबाइल पर नम्बर दबाए :

—जेल भेजोगी। थाने में मार खिलाओगी। वह बड़बड़ाता रहा। न मैं बोली न सुषमा।

तभी सुषमा का मोबाइल बजा।

—कौन!

—मैं, सुषमा तेरा पिता। मोबाइल बन्द मत कर...। वह नवनीत अपने आजमगढ़ के एम.पी. के साथ दिल्ली गया है। बेटी वह बड़ा प्रभावशाली काँग्रेसी गुण्डा है...।

सुषमा ने मोबाइल बन्द किया और स्कूटर पर बैठ गयी। सोचा जो होगा देखूँगी। आखिर हम दो हैं।

मैंने कहा स्कूटर का नम्बर नोट किया है। ला मोबाइल पर इनको बता दूँ। सुषमा ने नम्बर दबाया।

—मैं बोल रही हूँ। आप कहाँ हैं।

—प्रेस में हूँ। पोलैण्ड पर रूसी टैंक का हमला हुआ है।

—मैं रास्ते में हूँ। हाँ स्कूटर का नम्बर नोट कर लिया है।

—ठीक किया बहन जी, स्कूटर वाले ने सफाई दी।

दो

'तुम्हें डर बहुत लगता है।' हँसते हुए इन्होंने कहा।

—तुम कहना चाहते हो, नारी हूँ, इसीलिए। लुटेरों, अपराधियों, गुण्डों और सफेदपोश शिक्षित दलालों से डरती हूँ!

—मैं नारी को अबला या कुलबोरनी नहीं मानता। सुषमा को देखो यह घर में पिता और पति से लड़कर बाहर आयी है। नर्स है?

—केवल नर्स, ही नहीं यह कामकाजी औरत है। आज कामकाजी औरत भी डरकर बस पर चढ़ती है, डरकर अफसर के नोट्स पर अपमान भरा जवाब पाती है। मानसी ने कहा और भीतर कुछ उधेड़बुन करने लगी।

डॉक्टर वह थी। सुन्दर थी, हँसमुख थी, कभी-कभी साथी डॉक्टरों से उलझ भी जाती थी। उसकी माँ विधवा थी। बालपन में माँ को मुझे बेटी हुई थी। गुंजन पढ़ी और बेटी मेडिकल कॉलेज में दाखिला कराया।

कैंसर की बीमार है। माँ डॉक्टरों से गुंजन पूछती है, 'कब तक ऐसे चलेगा डॉक्टर।'

—मेरा काम दवा करना है। साथ है न तुम्हारी माँ अब कहा जाए। उसके कैंसर के ग्लैण्ड्स पेट से गले तक पक गये हैं, फिर भी गुंजन मैं निराश नहीं हुआ हूँ। बड़ी बात है सपना भी बर्दाश्त कर रही है।

—हम जाति के पासवान हैं डॉक्टर!

—तो भर, पासवान, दलित भी इन्सान होते हैं। क्यों तुम्हारी जाति में माँ को मार देने का कानून है क्या।

—कानून तो पेट में पल रही बच्ची को मारने का भी नहीं है डॉक्टर। माँ पेट में पल रही बच्ची को मारने के हर बार नये-नये तरीके बताएगी। पर मैं उसी माँ के लिए जीवित हूँ और आज उसके साथ मरना नहीं चाहती हूँ। आपसे पूछ रही हूँ, 'कब तक चलेगा यह!'

सुषमा, सपना और गुंजन की कहानी मानसी और दंडपाणि से सुन रही थी तभी आई भारी शरीर की महरी विद्या! उसने दंडपाणि के हाथ में कुछ कागज दिए और कहा, 'मेरा बेटा थाने में है। आप चलें तो मालिक उसे दबाएगा नहीं। थानेदार भी आपकी बात मानेगा।'

—मेरी बात मानेगा विद्या यह तुमने कैसे जान लिया। थाने में पैसा चलता है। तुम्हारा वही बेटा है न जो स्कूटर चलाता था। और एक दुर्घटना में उसका बायाँ पैर टूट गया था।

—हाँ! दो महीना फ्रैक्चर में घर पर पड़ा रहा। अब मालिक उसे स्कूटर किराए पर नहीं दे रहा है और चोरी की रपट लिखवाई है थाने में ऊपर से।

—तो यह खत लो, और थाने के रिपोर्टर है हमदम। उससे अपनी बात खुद समीर को बताने दो।

मैंने इसको परेशान देखा और फोन उठाया।

—दंडपाणि जी हैं!

—बुलाती हूँ, आप का नाम अजीज अली है। मैं मानसी हूँ।

—'आपका फोन', मानसी ने कहा और दंडपाणि को फोन देते हुए कहा, 'अजीज अली कब हॉलैण्ड से आया।'

—मैं दंडपाणि...पहले मानसी के सवाल का जवाब दो, तुम हॉलैण्ड से कब आये।

—भाभी जब एक पत्रकार ने बुश पर जूता फेंका, तब भारत आया था।

—तो बुश की राजनीति में इससे क्या बदलाव आया।

—कुछ नहीं भाभी, बस एक शगल का कुछ दिन तक पत्रकार जूते उछालेंगे और राजनीति का तमाशा आप टी.वी. पर देखेंगी।

—डरा हुआ भारत का पत्रकार जूता भी नहीं उछालेगा। बस शाम की रंगीनी में थोड़ा बहकेगा। बताएगा—यह अखबार का मालिक पचास हजार देता था, दूसरे अखबार में नया सौदा करूँगा। चाहे आर्थिक मन्दी के बहाने पुराने पत्रकारों से

कहा जाएगा—'इस्तीफा दो और 3% वेतन कम पर चाहो तो काम करते रहो।'

—तू अजीज दफ्तर के राजनीतिक संकट को मानसी को क्यों सुना रहा है।

—दंडपाणि बात बड़ी बुरी है, शेरघाटी में लबे सड़क जो मस्जिद थी, याद है न।

—हाँ थी, शेरघाटी में आबादी आधे-आध बटी हुई है। एक सड़क है जहाँ से हिन्दू भी जाते हैं, मुसलमान भी।

—हिन्दू व्यापारी है ट्रक चलती है, फैक्टरी है उनकी, मुसलमान मोटर पार्ट, या दूसरे पार्ट की मरम्मत करते हैं। सुबह मस्जिद तक एक जलूस निकाला बजरंग दल ने। आगे थी एक जोगिया साड़ी में प्रभा संतिमा पीछे थे झोले कद पंडित जोगपत वह नारा लगा रहे थे—'गाय हमारी माँ है।'

किसी ने फतवा कसा जोगिया है माँ...प्रभा
फिर आग के लत्ते फेंके गये फिर नारे उछाले गये

—अब क्या हाल है शेरघाटी का। यहाँ बी.बी.सी. की खबर है दंगा आर.एस. ने भड़काया। तुम अपने करेसपांडेंट हमदम से सही खबर भेजो, मेरे ई-मेल पर।

डर और हंगामा और बस विस्फोट आजाद भारत में मानसी को लगा चारों ओर यही है।

नारी के भीतर भी डर का एक चार्ट है। नक्शा नजर आ रहा है। माँ इनसे डरती है। सुषमा अपने पति से डरकर भागती है। बाप चाहता है दुधारू गाय की तरह यह मार खाती रहे और वह इसकी नौकरी का दूध पीते रहे...मलाई खाते रहे।

तीन

वह करावल नगर फैक्टरी में काम करती है नाम है शुभा। सुबह बेटे को स्कूल भेजती है। पति को शराब देती है और सूजा हुआ पैर देखती है अपना। डॉक्टर

ने कहा था, "खून की कमी है। होमोग्लोबिन की जाँच करा लो, मुझे लगता है तुम्हारी किड़नी डैमेज हो चुकी है।"

शुभा ने यही बातें मानसी से कहीं। वह स्कूल की बस पकड़ रही थी।

शाम को आना तब बात करूँगी मानसी ने आश्वासन दिया। अभी मेरी स्कूल की सहेली का एक्सीडेंट हो गया है। पैर में फ्रेक्चर है। शाम फैक्टरी से सीधे आना।

—नहीं घर जाऊँगी बेटे को रोटी दूँगी बनाकर। इनको शराब...

—क्यों शराब देती हो।

—क्या करूँ, कुछ समझ में नहीं आता।

मानसी की बस आ गयी। वह चढ़ गयी धक्का देकर। कंडक्टर ने कहा, 'मैडम आपकी सीट सुरक्षित है।'

मानसी बैठ गयी। उसे याद आयी पोलियो की वह बेटी। माँ स्कूल में दाखिला कराना चाहती थी।

—यहाँ दाखिला हो जाएगा मैडम।

—कोशिश करूँगी। पर पैर इसका। क्या नाम है दया...

मानसी ने अपनी टीचर से बात की। दया की सिफारिश की।

—फीस तो यहाँ कम लगती है। बड़े-बड़े आफिसर कार से आते हैं—शिक्षा सचिव की सिफ़ारिश आती है। तुम क्या करती हो दया की माँ।

—दरीबा में एक जगह ऐसी राखी बनाती हूँ।

—तुम्हारा पति!

—यह समझो मैडम मर गया है...

—समझने की बात नहीं यह फार्म है भरकर बताओ।

—मैडम उसने दूसरी औरत रख ली है।

—तो राखी बनाकर तुम स्कूल की फीस, ड्रेस, किताबें कैसे दोगी।

—कोशिश करूँगी। शाम को काज बनाती हूँ। एक टॉप के चार रुपए बनते हैं।

टीचर ने मानसी की ओर देखा। क्या यह स्कूल बस पर आ सकेगी।

—हाँ, मेरे साथ आयेगी...

शाम को दंडपाणि के साथ मानसी को दावत में जाना था। दंडपाणि ने फोन पर बताया, 'तुम रीगल पर आ जाना।'

—क्या दूँगी, यही सोच रही हूँ।

—सोचना-वोचना नहीं है, टाफी दे देना।

—तुम्हें नहीं पता आज के लिए उसने जयपुर से घाघरा मँगाया है। चार हजार का है।

—तो ऐसे जन्मदिन पार्टी से मुझे क्या लेना।

—वह तुम्हारे मित्र की एक मात्र बेटी है और मेरी शिष्या। अभी कल वह कॉलेज में गिर गयी थी। डॉक्टर बुलाना पड़ा। वह तो स्पोर्ट्स की टीचर है माधवी। उसने उसे उठाया और टैक्सी रोक कर वेलिंग्टन ले गयी थी। वहाँ से तुम्हारे मित्र को रेडियो में फोन किया था।

—सुधांशु ने मुझसे कल बताया था।

—तो आ रही हूँ। पानवाले के पास इन्तजार करना। मैं हनुमान मन्दिर जाकर तुरन्त लौटूँगी।

—तो मैं कॉफी हाउस में रहूँगा। मेरे मित्र ने अपनी शिष्या को...। कुछ कहकर हँसी मानसी।

पानवाले ने कहा, 'मेरी एक गाँव की औरत है। आपके पास बादाम की गिरियाँ तोड़ती है। मालिक सारे दिन काम का 60 रु. देता है। क्या आप उसे अपने पास रख लेंगी।'

—इनसे बात करना। मैं हनुमान मन्दिर जा रही हूँ। यह आ रहे हैं।

तभी पुलिस की गाड़ी आयी और पटरी की दुकान उजड़ गयी। एक तिब्बती औरत ने लोहे का छड़ छीनकर एक पुलिसवाले को मार दिया। पुलिस ने वैन में उसे और पटरी के दुकानदारों को सामान के साथ भर दिया।

तभी एक औरत वैन से कूदी। 'मेरा बेटा...मेरा बेटा...'

गणपति ने उससे पूछा, 'क्या नाम है तुम्हारे बेटे का।' '...लड्डू, बापू लड्डू पाँच साल का है।'

गणपति ने मोबाइल पर रिपोर्ट की, थाने में लड्डू गुम है। औरत को वैन या हल्ला गाड़ी पर बैठा कर नगर पति को ले जा रही है।

—मैं थाने में हूँ। गुमशुदा की तलाश की रिपोर्ट दर्ज करा दी। एक फोटो चाहिए।

—कल देखूँगा। अभी हनुमान मन्दिर का लड्डू खाना हो तो कॉफी हाउस आओ। दंडपाणि ने कहा और कॉफी हाउस चल पड़ा।

चार

मानसी ने चारों ओर देखा कुर्सियाँ नहीं है पर मेज़ है और लोग कुर्सियों की तलाश में पूरी छत पर घूम रहे है। कहाँ होंगे दंडपाणि। यह सोचते हुए वह भीतर के हॉल में भी घूम आयी।

—भाभी लड्डू लाई हैं, दंडपाणि एक विदेशी मित्र के साथ नीचे गया है।

मानसी ने देखा चेहरा पहचाना हुआ लगा। पत्नी डॉक्टर हैं, यह लेखक हैं।

—तो यही, केबिन में। उसने एक खाली कुर्सी खींच कर कहा।

मानसी को, स्कूल की अपनी शिष्या और अब साथी टीचर का ख़्याल आया। यह होती तो इनके साथ उसके घर चली जाती। टैक्सी पर मैंने उसे बैठा दिया था। वैलिंग्टन में डॉक्टर चटर्जी ने मुझे पहचान भी लिया था और उनके नाते जाँघ के फ्रेक्चर का तुरन्त पता भी लग गया।

—क्या सोच रही है। दंडपाणि ने उसके गर्दन पर उँगलियाँ फेरते हुए पूछा।

—आप... हँसी मानसी। और भी कोई आनेवाला है तुम्हारा...

—हाँ, आप आखिर पुरुष जो हैं, कुछ और सोच भी क्या सकते हैं।

—भाभी सोच ही नहीं उसने इनको यहीं कॉफी हाउस में बाँहों में भर लिया था।

—तो...इनकी दोस्त होगी।

—हाँ, अचानक पेरिस से आयी थी ईना। सुन्दर, छवि...है।

—वही कुछ मूर्ख लगी थी मुझे...

—एयारपोर्ट से सीधे यहाँ आयी। टैक्सी रोककर मुझे डायना का सन्देश देने ऊपर आयी। कह रही थी, 'टैक्सी रुकी है, मैंने सोचा था सीधे सादतपुर चलूँ।'

—आपको अभी मेरे साथ चलना है—माधवी की याद है न!

—वह चुलबुली और खिलाड़ी!

—अचानक स्कूल बस से उतर रही थी कि एक स्कूटर का धक्का लगा।

—कहाँ है!

—मैं डॉक्टर चैटजी के पास छोड़ आयी हूँ।

—तो चलो अभी ईना नीचे रुकी है, उसकी टैक्सी पर चलते है वैलिंग्टन।

मानसी को खुशी हुई। उसने लेखकों को लड्डू खिलाए और जीना उतरने लगी।

—क्या कोई खुशी की बात है मानसी जी।

—हाँ, इनके एक मित्र ने एक प्रस्ताव रखा है एनसीआरटी में काम करने का।

—तो मैं कुछ मदद कर सकता हूँ। मेरी बेटी वहाँ डिप्टी डायरेक्टर...।

—सुधा सिंह...

—वह अमेरिका जा रही हैं, उनके कहने पर मैं सोच भी रही हूँ ज्वायन कर लूँ।

—चलो ईना चली जाएगी, दंडपाणि ने कहा।

मानसी खुश थी और उसकी आँखों में खुशी की चमक नजर आ रही थी। लेखक मंडली को संकटमोचन का लड्डू खिलाकर मानसी ने एक लड्डू दंडपाणि को दिया।

नीचे टैक्सी रुकी थी, ईना ने जल्दी-जल्दी कुछ सामान खरीदा था। मानसी ने उससे कहा : 'बोरों में भरा पूरा बाज़ार ख़रीद लोगी।'

—चाहती तो थी सब को कुछ न कुछ दूँ पर...

—क्या संकट आ गया।

—रात की फ्लाइट से पेरिस लौटना है।

—अभी रात में देरी है। चलो मेरे साथ वैलिंग्टन...

—कौन अस्पताल में है...।

टैक्सी में मानसी, दंडपाणि, ईना बैठ गये, टैक्सी चल पड़ी तब तक उसने ईना को माधवी के फ्रेक्चर की जानकारी दी। वह बड़ी मस्त है। अपनी माँ-बाप की अकेली लड़की है। अपनी शादी को लगातार टाल रही है...

अस्पताल के गेट पर ही डॉ. चटर्जी मिल गये। अब कोई खतरे की बात नहीं है कुछ दिन बिस्तर पर पड़ी रहेगी, बस।

टैक्सी रोक कर तीनों वार्ड में गये। जाँघ के फ्रेक्चर में बँधी थी माधवी।

—यह है ईना पेरिस में रहती है। वहीं जा रही है।

—कहाँ पहले चलना है कॉलेज या घर! मानसी ने पूछा।

—घर आप क्या करेंगी।

—वही करूँगी जो तू अब तक नहीं कर सकी यानी दूसरी जाँघ तोड़ना। हँसे सब। सबने डॉ. चटर्जी को धन्यवाद दिया।

—यह तो बहादुर है, थोड़ी हठी है जरूर।

—मूर्ख भी। मानसी ने कहा और कन्धे से पकड़ा। एक ओर से ईना ने दूसरी ओर से मानसी ने।

—मैं भी चलूँ! ईना ने संकोच के साथ पूछा।

—चलो दिल्ली का एक हिस्सा देख लेना। इसकी माँ दमयंती है। हँसमुख है, पिता कई माह से बिस्तर पर पड़े हैं। मानसी ने कहा और दंडपाणि ने माधवी को पकड़ कर बैठाया टैक्सी में। ईना भी कुछ सोचती हुई आ गयी। वहीं से एयरपोर्ट चली जाऊँगी क्यों मानसी ठीक है न।

—नहीं यह तुम्हारे साथ सादतपुर से एयरपोर्ट जाएँगे।

—क्या दंडपाणि यह सम्भव होगा।

—सब कुछ सम्भव है। जैसे माधवी का जाँघ तोड़ना।

टैक्सी में माधवी हँसी। सबसे बुलन्द थी उसकी हँसी। मानसी की हँसी धीमी आँच सी। ईना ओंठों को दबाए हँस रही थी।

—सफदरजंग इंक्लेव। दंडपाणि ने कहा और टैक्सी लम्बे रास्ते पर दौड़ने लगी। माधवी सोचने लगी। माँ क्या सोचेगी। पापा की तैयारियाँ जाया जाएँगी कुछ दिन के लिए घर अस्पताल हो जाएगा। पापा लकवा में है। कोई एक्सरसाइज़ नहीं करते। बिस्तर पर ही माँ ने बोतल रख दी है। वहीं...

—अब सोचना छोड़ दें मानसी ने कहा और उसकी बाँह दबाई।

घर पहुँच कर, ईना ने देखा, एक बड़ी बैठक में एक तख़्त पर पड़ा है एक आदमी। एक औरत बोतल में रखा पेशाब फेंकने जा रही है। सोफे पर बैठी है एक बूढ़ी औरत।

—तो दंडपाणि हमें चलना चाहिए न! ईना ने माधवी का हाथ थामा। उसे टैक्सी से पकड़कर उतारा। फिर दंडपाणि से अपनी बात दुहराई।

—माधवी को उसके बेड पर लिटा कर कहा, मैं भी चलूँ। मानसी ने सफाई दी।

माँ बिना चाय पिलाए जाने देंगी क्या! माधवी ने सफाई दी। दरवाजे पर ही खड़ी थी माँ, बूढ़ी औरत जा रही थी।

माधवी की जाँघ पर पलस्तर देखा दमयंती थोड़ी घबराई।

—कुछ नहीं थोड़ा स्कूटर से तेज रेस करने लगी थी आपकी बहादुर बेटी। मानसी ने कहा और सबका परिचय कराया।

ईना ने कहा, मैंने इस देश का 'घर' नहीं देखा है। आज वह भी देख लिया।

—यह घर कहाँ हैं, अस्पताल का एक कोना है। वह साईकिल है जिसे यह कभी एक्सरसाइज़ के समय इस्तेमाल करते थे। अब दो साल से सब कुछ अपनी जगह ठहरा हुआ है।

माधवी ने देखा माँ किसी को बताते हुए अक्सर भीतर तक सिहर जाती

है। उस दिन गिर गयी थी। सलवार पर्दे में फँसी रह गयी और माँ मुँह के बल गिर गयी। दाँत टूट गये थे।

मानसी को लगा यहाँ माधवी न चुलबुली है, न स्पोर्ट्समैन स्पिरिट में रहनेवाली मस्त खिलाड़ी। भीतर कुछ उसके दब रहा था बोझ-से।

पाँच

माधवी ने सोचा पिता अपाहिज है और उदास माँ कहाँ है। ईना के भीतर फिर भी एक मिथ है मीरा का। वह प्रेम में वाकई दीवानी है, उसने लिखा है, 'डांसिंग स्कल्पचर गुफा' में देखकर—मैं उस गुफा में नाच रही थी और मेरी अनेक आकृतियाँ मुझे देख रही थी—चकित विस्मित।

आज तक वह मुझे मानसी के साथ देख रही थी तो हम दोनों अपने-अपने यात्रा के अनुभव से गुजर रहे थे। मानसी और दंडपाणि ने औरंगाबाद दिखा कर एलोरा पर सोचा। यात्री है दंडपाणि और उसने अपने अनुभव विस्तार से लिखे भी थे। ईना ने सिर्फ 'यात्रा' पढ़कर उसे लिखा था कुछ घूमने की इच्छा जागी थी, सोचा शुरुआत महाराष्ट्र से ही की जाए। बस 14 तारीख को कार्यक्रम अफ़ज़ल के साथ बनाया। 16 को औरंगाबाद चल भी पड़े। यह संयोग ही है कि ईना ने भी यात्रा अफ़ज़ल के साथ एलोरा से की और आज की अपाहिज माधवी ने पहले अजन्ता से यात्रा शुरू की थी।

ईना और अफ़ज़ल मैं और यात्रा में एक साथ थे। रह भी नहीं सकते थे। डॉक्टर अफ़ज़ल इस देश की कला अजन्ता, एलोरा में खोज रहा था। और माधवी और ईना उन मूर्तियों के पीछे अपने प्रेम को खोज रही थी।

माधवी ने जब पूछा था, ''तू सच-सच बता क्या संकट था जो प्रेम किया और बीच में छोड़ दिया...''

तो माधवी ने कात्यायनी की कविता में मन का एक सूत्र कहा, 'सृष्टिकर्ता ने नारी को रचते समय बिस्तर, घर, ज़ेवर, अपवित्र इच्छाएँ, ईर्ष्या, बेईमानी और दुर्व्यवहार दिया।'

मैंने उससे अलग होते हुए न बिस्तर को याद किया, न उसके बताए घर

में रही। न उसके ज़ेवर से इस देह का शृंगार किया। हाँ, मानसी से बात करते हुए अपनी अपवित्र इच्छाओं का नक्शा बार-बार देखती रही। बार-बार अजन्ता में बुद्ध मूर्ति की सजीवता और अपनी बेईमानी पर सोचा था। हाँ, माँ को जब देखा तो बार-बार बिस्तर पर पड़े पिता, उसके एक-एक दुर्व्यवहार याद आते गये।

माँ न होती तो क्या यह घर होता। क्या मैं अपने अजन्ता और एलोरा की यात्रा के क्षणों पर सोचती।

हाँ
उन्होंने यही
सिर्फ यही दिया हमें
अपनी वहशी वासनाओं की तृप्ति के लिए
दिया एक बिस्तर
जीवन घिसने के लिए, राख होते रहने के लिए
चौका-बर्तन करने के लिए बस एक घर,
समय-समय पर
गहने पहनाए
और आत्मा को पराजित करने के लिए
लाद दिया उस पर तमाम अपवित्र इच्छाओं
और दुष्कर्मों का भार।
पर नहीं कर सके पराजित वे
हमारी अजेय आत्मा को
उनके उत्तराधिकारियों के
उत्तराधिकारी भी
नहीं पराजित कर सके जिस तरह
मानवता की अमर-अजेय आत्मा को,
उसी तरह नहीं पराजित कर सके वे
हमारी अजेय आत्मा को
आज भी वह संघर्षरत है
नित-निरन्तर

उनके साथ
जिनके पास खोने को सिर्फ़ ज़ंजीरें ही हैं
बिल्कुल हमारी ही तरह।

—तुझे पेरिस पहुँच कर भेजूँगी ज्याँ पाल सार्त्र की मित्र की डायरी। माधवी ने ईश ने कहा और उसकी हथेली पर कुछ लिखती रही।

—मेरी मित्र तो मानसी दीदी हैं—वह आज भी संघर्षरत हैं।

—वह तुझे भी पराजित नहीं कर सकेगा। मानसी ने हँसते हुए कहा और पर्स से अजन्ता में खींची उसकी और माधवी की तस्वीर उसके तकिए के नीचे रख दी।

—भाई यह औरतों की आत्मा की बातें मेरे समझ में नहीं आयी है।

—वह ईना जी बता देंगी।

—दंडपाणि यहाँ ईना के साथ शान्तिनिकेतन गया था। हम गेस्ट हाउस में दोनों एक ही रूम में रहे थे, पर अपवित्र इच्छाओं ने हमें डसा नहीं था, हमें सिर्फ यह बताता रहा था हमारे पास खोने के लिए सिर्फ ज़ंजीरें ही है, और आधी रात वह मेरी और उनकी ज़ंजीर काटता रहा...

—माधवी कभी-कभी हम अपनी ज़ंजीरें देखकर भी नहीं देख पाते, दंडपाणि ने कहा और उसकी कुहनी पर उँगलियों से कुछ लिखता रहा।

—यहाँ एक ही ज़ंजीर है, मैं और फालिज से लाचार पिता। दूसरे छोर पर बीपी और थकान के लड़ते बढ़ते चाह सी माँ है। तीसरे छोर पर है माधवी।

माधवी ने माँ के मुँह पर हाथ रख दिया। दमयंती देखती रही लाचार बेटी को। फिर उसने ईना से हाथ मिलाया, मानसी ने कहा, 'आप पर इसे बहुत भरोसा है।' मानसी के पहले दंडपाणि ने कहा, 'इसी भरोसे के नाते हम अपराजित हैं।' हँसते हुए सब टैक्सी पर बैठ गये। पड़े-पड़े देखते रहे माधवी के पिता, हताश हैं।

छह

समीर, दया, शुभा, गुंजन, सपना, हमदम, दमयंती, सुषमा एक ही देश में रहते है, पर कितनी दूरी है इनके जीवन में। सुषमा ने कचहरी में तलाक के कागज पर हस्ताक्षर किया। दंडपाणि ने वकील से बातें की। वकील ने कहा, ''दो पेशी में नवनीत कचहरी में हाजिर नहीं हुआ, तीसरी पेशी में भी वह नहीं आयेगा तो सुषमा का केस मजबूत हो जाएगा।''

सुषमा ने अपना नाम सुना। वह चौंकी। यह चंदरोजा पति नवनीत क्या चाहता है—शायद करोड़पति बन भी जाए कभी। चुनाव का समय है। जब सांसद की टिकट बिक रही है। न मिलने पर दूसरे दल में जाने का खेल खेला जा रहा है, तो नेतागण कोई भी मंच या मोर्चा खड़ा कर लेंगे। और नवनीत कुछ समय का नेता बन जाएगा।

—अब नवतीत पर क्या सोचना! दंडपाणि ने सुषमा के कन्धे पर हाथ रखते हुए कहा।

—नवनीत तो दौड़ का घोड़ा है, उस पर क्या सोचना मैं तो लड्डू पर सोच रही हूँ। वह तिब्बती औरत याद है न, जिसका बेटा हल्लागाड़ी में माँ से छूट गया था।

—दिल्ली में गुमनाम बच्चों को खरीदने वाला एक ग्रुप है, उसी में लड्डू भी खो गया या बिक गया होगा।

—मानसी दीदी बता रही थी दया मेरी बस से स्कूल रोज आती है और पेड़ के नीचे बैठकर उस दिन रो रही थी।

हमदम इधर ऐसी ही खबरें खोजता है। एक पुस्तक लिख रहा है।

—क्या होगा दंडपाणि जी, वकील ने कहा और बताया मेरी कोलीग है वकील। नाम नहीं लूँगा। एक कम्युनिस्ट नेता की बेटी है। उसने प्रेम-विवाह किया था। आपके पत्रकार मित्र हमदम से। कुछ दिनों दोनों सितार बजाते, नुक्कड़ नाटक करते। फिर रोज धमकाता...अब बिना तलाक के बेटे के लिए कोर्ट में दौड़ रहे हैं। आज ही कोर्ट ने फैसला किया है—बेटा बाप के पास जा सकता है। मेरी कोलीग इसी फैसले से परेशान है।

—यह मध्यवर्ग की परेशानी है यह दंडपाणि ने सफाई दी। वह घर और नौकरी की दौड़ में फँसे हुए लोग हैं। इसके बावजूद हमदम को मैं करीब से

जानता हूँ, समीर ऑटो चलाता है आज भी उसकी माँ बर्तन माँजती है। ढल गया है, थुल-थुल शरीर है। एक दिन विद्या के साथ आया।

—यह साठ साल की है। इसे ओल्डमैन पेंशन नहीं मिल रही थी। उसने कल्याण मन्त्री से बात की। विद्या को पेंशन तो मिल गयी पर सादतपुर बैंक ने उसे फार्म नहीं दिया, वह मेरे साथ बैंक मैनेजर से मिला। फार्म लेकर आया।

—पर वह मेरी कोलीग के साथ तो बड़ा क्रूर है। वकील ने सफाई दी।

—महानगर में एक ही आदमी के कई चेहरे नजर आते हैं। कहीं वह नेक है, कहीं डरपोक, कहीं साहसी, कहीं रोज-रोज आत्महत्या करने को विवश।

सुषमा का मोबाइल बजा। हाँ, मैं आ रही हूँ। कचहरी में आज भी नवनीत नहीं आया था। दंडपाणि जी भी यही हैं, मोबाइल दूँ...। सुषमा ने मोबाइल दंडपाणि को दिया।

—दमयंती की याद है, मानसी ने पूछा।

—क्यों मेरी कमजोर नस पर हाथ रख रही हो, मुझे चेहरे याद रहते हैं, नाम...

—तो मेरा नाम भी भूल जाओगे। हँसी मानसी। माधवी का आज प्लास्टर खुलेगा। मैं कॉलेज में वेलिंग्टन उसे लेकर जा रही हूँ। दमयंती का चेकअप भी कराया। बी.पी. बढ़ा है। खून की बेहद कमी है। घर पर ही गिर गयी थी।

—तो मैं कहाँ आऊँ। दंडपाणि ने पूछा

—एक खुशी की बात। अमेरिका जाने के पहले डॉ. सुधा सिंह मेरी नियुक्ति करा गयी हैं। तुम्हारा क्या विचार है।

—फैसला तुम्हें करना है यहाँ स्कूल के बच्चे हैं जो तुम्हें प्यार करते हैं। तुम्हारा पैर...

—हाँ-हाँ वह मैं जानती हूँ, वहाँ काम भी कम है। वहीं रहने की व्यवस्था है, तो आफिस, दफ्तर की राजनीति पर बातें मुझे मत बताना...

—आप मेरी बात सुनते कब हैं।

—मैं कहा आऊँ! सुषमा भी साथ है। ईना ने भी ई-मेल में तुम्हें और माधवी को प्यार भेजा है।

दंडपाणि ने वकील साहब से विदा ली, स्कूटर पर सुषमा को बैठाया कहा; चल रही हो न।

—आज अस्पताल में दो चेहरे देखे थे। एक की शादी के पाँच साल बाद की बीमार औरत—चेहरा सूजा हुआ, आँखें कोटर में धँसी। डॉक्टर ने टी.बी. का

आखिरी स्टेज बताया है। दूसरा चेहरा एक साल के बच्चे का था। टाँग एक सूखी हुई। पेट फूला हुआ। यह महानगर की जिन्दगी बड़ी दर्दनाक है।

—हाँ है दर्दनाक पर उसे मानसी, सुषमा देखती है और उसके लिए रोती है।

सात

हमदम बोल रहा हूँ—तुम कहाँ हो दंडपाणि।

—अस्पताल में हूँ। माधवी की जिस जाँघ की हड्डी टूटी थी, उसका ऑपरेशन डॉक्टरों ने नहीं किया। अब उसकी दूसरी जाँघ की हड्डी का ऑपरेशन डॉक्टर कर रहे है।

—आतंकवादियों ने 'ताज' होटल के बाद न्यूयार्क के एक घर को घेर लिया है, कितने लोग बन्धक बनाए गये हैं, कितने मरे अमेरिका सिविक सेन्टर में...। पूरे एरिया को लॉग डाउन किया गया है। क्या यह ओबामा की शान्ति की नीति का खूनी जवाब है या 20 बैठक का मजाक उड़ाया गया है।

—मैं मानसी को यहाँ छोड़कर आ रहा हूँ—दंडपाणि ने कहा और मानसी की पीठ थपथपायी। वह हँसी।

—क्यों हँस रही हो...

—तुमने कभी कहा था : दोस्तोवस्की ने जिन्दगी को बिगड़ी तस्वीरों का एलबम कहा था। क्या तुम उन्हीं बिगड़ी तस्वीरों के बीच घूम नहीं रहे हो।

—हाँ डियर मैं घूम ही नहीं जी रहा हूँ—लन्दन से न्यूयार्क तक। बिगड़ी तस्वीरों का एलबम जी रहा हूँ। एफआईबी ने घेरा डाल दिया है, 4 लोगों को बन्धक बनाया है। वारदात इमिग्रोन सेन्टर से शुरू हुई है।

—मैं सोचती हूँ सादतपुर की 100 गज जमीन बेच दूँ, यहाँ मेरी सहेली बैठी है वनिता उसने द्वारिका में एक फ्लैट देखा है हमारे लिए...

—सादतपुर से डरकर जहाँ जाओगी—वहाँ भी हमें बन्धक बनाने वाले आ जाएँगे। हमदम ने रिठाला में फ्लैट खरीदा है, वह चाहता है—हम वहीं हैं।

—सपना की याद है जिसे कैंसर था। सीधी, सरल, विधवा...कुर्मी

—हाँ, जिसकी बेटी गुंजन डॉक्टर है न।

—हाँ, आज वह डॉ. चटर्जी के पास आयी थी, यह कहने कि एक जरूरी काम है, माँ को ले जाना जरूरी है।

—ठीक है आखिरी स्टेज है घर पर बेटी माँ की सेवा करेगी...

—तुम सबको अपने जैसा सीधा मानते हो, वह माँ को लेकर मजिस्ट्रेट के पास गयी थी, चल-अचल सम्पत्ति उसने माँ की अपने नाम कराई। बीमारी के नाते सपना ने प्री-रिटायरमेन्ट लेने की अर्जी दी थी। सपना ने डॉक्टर से ली रिपोर्ट जमा की। कॉलेज, जहाँ सपना पढ़ाती थी, वहाँ गयी। माँ से एक कागज पर हस्ताक्षर कराया।

—तो, तुम्हें क्या एतराज है, सपना माँ की, चल-अचल सम्पत्ति की हकदार उसकी एकमात्र बेटी ही होगी...

—समीर भी आपकी माँ विद्या का एकमात्र बेटा है।

—है तो। दंडपाणि ने पूछा और मोबाइल उसकी ओर बढ़ा दिया—विनीता, तुमसे बात करना चाहती है।

—क्या हुआ विनीता!

—यह कहो क्या नहीं हुआ, यह मुझे एयरपोर्ट की बस पर बैठाने आये थे। और मानसी जीवन का सब नष्ट हो गया। अस्पताल में हूँ। डॉ. चटर्जी ने देखा है इन्हें। इन्होंने कहा है, 'अभी इसी वक्त घुटने के नीचे ऑपरेशन होगा।'

—मैं आऊँ विनीता।

—आओगी नहीं तो मैं लँगड़े पति के साथ करूँगी क्या!

—क्या अपशब्द कहती है। कंचन जैसे पति, तुझ पर बोझ नहीं हैं। टाँग का ऑपरेशन होने दें। मैं और दंडपाणि आ रहे है अभी।

—तुम अच्छी हो मानसी पर...

—पर क्या...

—शुभा की याद है न। वह यहाँ थाने में है, हमदम उसे सँभाले हुए हैं—उसकी एकमात्र बेटी ने आत्महत्या कर ली है।

—क्यों भला!

—यह तो हमदम बताएगा या एस.एच.ओ. या शुभा, सुना है लकवा के बाद उससे कहा, 'शुभा के पास जा और बेटी को भी ले जा...'

—मैं विनीता के पास जा रही हूँ, तुम चल रहे हो न!

—सोचो डियर—हमदम आज ही तलाक देने कोर्ट में जा रहे हैं—मैं एकमात्र गवाह हूँ।

—तो मैं अकेली एयरपोर्ट कॉलोनी में जा रही हूँ—विनीता अस्पताल से कंचन के साथ अस्पताल में है।

कुछ देर दंडपाणि सोचता रहा, तभी तिब्बती औरत कन्धे में ऊनी कपड़ों की गट्ठर बाँधे आयी। छड़ उसके हाथ में था।

—साहब पुलिस ने मेरी बच्ची लड्डो को खोजा नहीं। अब कहते हैं एक लाश मिली है उसे पहचानो, क्या वह लड्डो है।

—लड्डो की माँ, मैं क्या कर सकता हूँ। एक बार जाकर देख आओ।

—नहीं मेरी लड्डो नहीं मरी है, पुलिस के आदमी ने उसे बेच दिया हैं...अब मुझसे चाहता है मैं लाश को पहचान कर कहूँ वह लड्डो है।

दंडपाणि ने एस.एच.ओ. को फोन किया। लड्डो वह तिब्बती औरत की बेटी क्या मिल गयी है।

—आप

—मैं प्रेस क्लब का सेक्रेटरी दंडपाणि।

—सर लाश एक नाले में मिली थी। शायद रेप के बाद उसे गुण्डों ने...

मैं, मानसी सोच नहीं पा रहा। विनीता और साधन भी मेरे हैं और लड्डो और तिब्बती औरत के जनतान्त्रिक संघर्ष को भी मैं अपना संघर्ष मानता हूँ। ओबामा के राष्ट्रपति बनने पर एक आशा—फिदेल कास्त्रो और अमेरिका के शानदार दोस्ती की बनी है। एक खबर छपी है : अमेरिका सांसदों के साथ बैठक शानदार रही—फिदेल।

क्यूबा के पूर्व राष्ट्रपति फिदेल कास्त्रो ने अमेरिकी सांसदों से अपनी मुलाकात को शानदार बताया और दोनों देशों के बीच रिश्तों को सुधारने के लिए अमेरिका से इस दिशा में कदम उठाने का अनुरोध किया।

मंगलवार को तीन अमेरिकी सांसदों के साथ मुलाकात के बाद फिदेल ने कहा कि अब गेंद अमेरिकी राष्ट्रपति बराक ओबामा के पाले में है। अमेरिका के डेमोक्रेटिक सांसदों के साथ करीब दो घंटे की बातचीत को कास्त्रो ने एक शानदार बैठक करार दिया।

फिदेल ने सरकारी अखबार में लिखा है—हम हमलावर नहीं थे और न ही हमने अमेरिका को धमकी दी थी। क्यूबा के पास ऐसा कोई विकल्प नहीं था जो हमें पहल करने की इजाजत देता।

नई जिन्दगी की शानदार दोस्ती तुम्हारे लिए होगी—मेरी तो दोस्ती विनीता और साधना से है और मैं जा रही हूँ। उसे धीरज बधाने। मानसी ने पर्स कन्धे पर लटकाया, चश्मे के भीतर से दंडपाणि को देखा—जैसे कह रही हो तुम्हें लेटिन अमेरिका और ओबामा अमेरिका की दोस्ती नजर आ रही है। दंडपाणि ने स्कूटर की चाभी खोजी। जो उसे मिली नहीं। मानसी ने ताली उठाकर दी। दोनों हँसे, डियर तुम्हारे बिना, क्या कोई काम मेरा पूरा हुआ है। कभी यही बात हमदम भी कहते थे।

—तो दोनों के बीच नफ़रत कहाँ से आ गयी मानसी ने पूछा।

—जैसे बुश के और फिदेल के बीच नफ़रत और युद्ध कहाँ से आ गया।

—यह लो ताली...

—शायद एक युद्ध पिपासु साम्राज्यवाद है जो हमारे तुम्हारे बीच एक संकट पैदा करता है—हमदम नूतन से यही पूछता था और नूतन के पिता धीर बीच में आ जाते थे। अभी हम चल रहे है साधना को देखने।

हँसी मानसी। कभी-कभी अजीब नजर आते हो तुम। कभी बड़े प्रेमी। कभी पहेली या भूलभुलैया में मुझे भटका देते हो। यह अजीब लगना, बड़ा प्रेमी होना, या भूलभुलैया से भटकते रहना क्या पति और पत्नी की ज़रूरी कहानी या यह सब मिलकर बिगड़ी तस्वीरें बनती है।

विनीता ने कहा भी था—मछली का झोल ठीक नहीं बना था उस दिन और कंचन ने थाली फेंक दी थी। कटोरी विनीता के सीने में लगी थी। वह दिल थामकर बैठ गयी थी।

न जाने कितनी बार मैं भी तुम्हारे व्यवहार से दिल थामकर बैठ गयी थी या रोई थी। फिर विनीता डॉक्टर के पास गयी थी बीपी की जाँच कराने और मैं अपने पर्स में तलाश करने लगी थी हाई ब्लडप्रेशर की दवा...

—अब चलोगी या यहीं एक युद्ध शुरू करोगी।

—युद्ध तुम शुरू करते हो और आहत मैं होती हूँ—आखिर औरत जो हूँ।

आहत तो चे ग्वेवारा भी बार-बार हुए थे। आज राष्ट्रपति पद से अवकाश लेने के बाद फिदेल कास्त्रो भी आहत राष्ट्र की एक-एक गाँठ खोलकर देख रहा है।

—यह साधना है कौन। इसका क्यूबा या नारी से क्या सम्बन्ध।

—आज जिस दुनिया में हम रहते हैं वहाँ वियतनाम, अफगानिस्तान, ईराक

और अमेरिका की आर्थिक मन्दी—एक-दूसरे से जुड़ी है पर है एक बड़े संकट की लड़ाई।

—तो साधन एक संकट की कहानी का नाम है...वह मैं रोज झेलती हूँ तुम रोज प्रेस क्लब में सुनते या देखते हो—हमारा एक निजी संसार भी है—

—वही तो मैं कह रहा हूँ डियर—जब चारो ओर झूठ, दंगे, फिकरेबाज़ी बयान में फेरबदल यानी चुनाव का माहौल है तो हमारा निजी चुनाव कहाँ रह गया है।

—चलो तुम्हारी बिगड़ी तस्वीरों की दुनिया मैं नहीं जानती और मेरी बिगड़ी तस्वीरों के बारे में सोचने का तुम्हारे पास वक्त नहीं है।

—यह तो पाकिस्तान भी अमेरिका से कहता है और हाथ झाड़कर तालिबान से समझौता करना चाहता है—हम तुम भी रोज ही समझौता करते हैं।

—मेरी बात पर इतना वितंडा फैला दिया तुमने पर यह नहीं बताया साधन है क्या बिगड़ी तस्वीरों का एक चेहरा जो हमारे एकान्त को बेवजह उलझा रहा है।

—चलो साधन से पूछ लेना।

—कुछ पूछने को बचा है क्या, वह न भी हो, जो भी एक छँटा तो वह हमारे एकान्त का-खा ही चुका है। डिस्कवरी चैनल में जैसे मगरमच्छ को जात या भेड़िया या समुद्र तल का हरा-भरा संसार—एक बार में हमें युद्ध के मैदान में फेंक आता है।

—तो डियर युद्ध है, हमारे जीवन में इसीलिए बिगड़ी तस्वीरों का हमारा एक निजी एलबम भी है।

मोबाइल की घंटी बजी। दंडपाणि ने बात शुरू की तभी मानसी ने अखबार खोला—अब औरत बूढ़ी हो या गुड़िया हो—इससे मुसलमानों के नरसंहार को क्या लेना। और एक औरत-पुरुष सत्ता के खिलाफ खड़ी है और नये भारत का सपना देख रही है—उसके सपनों पर बात करो—बूढ़ी या गुड़िया तो तुम्हारे बिगड़े दिमाग का फितूर है।

—क्या सोचने लगी, चलो साधन परेशान है...।

आठ

साधन यही चाहता है कि विकास की जो तस्वीर आज़ाद देश को दिखाई जा रही है, उसमें ग़रीबी की रेखा के नीचे रहने वाले शुभा, दया, विद्या, रोहन आदि भी हो। आदिवासी क्या खाते हैं। कैसे जीते हैं। इस पर विकास का राग अलापने वाली सरकार कभी सर्वेक्षण कराने को तैयार नहीं है।

—साधन कभी तुम साप्ताहिक अखबार निकालते थे अब कहाँ हो—लो यह मानसी पूछ रही है, उसे बताओ, तुम हो क्या?

—भाभी यही बात विश्वविद्यालय की मेरी प्रो. पत्नी भी पूछती हैं।

—यानी आप साधन है न...।

हँसे तीनों। 'हम यही देखने आ रहे हैं कि चुनाव का बहिष्कार करनेवाला भी साधन है, सम्पादक भी साधन है...।'

—और अब तीन साल में जेल में रहनेवाला भी एक साधन ही है, आप दोनों यहाँ आएँ—नूतन भी गेट पर मिलेगी।

—नूतन कौन! मानसी और दंडपाणि ने एक साथ पूछा।

—यह जो खबर कभी पढ़ी थी न जेल से अपने साथियों को छुड़ाकर नक्सलवादी आज़ाद हो गये। नूतन उनमें से एक है।

मानसी ने रुक कर गौर से दंडपाणि को देखा। यह जेल तोड़ता, चुनाव के समय सुरंग बिछाकर सिपाही को मारना—यह सब क्या है।

—हमदम से पूछना। वह इधर गाँधी के 'हिन्द स्वराज' पर खोज कर रहा है।

—क्यों तुम्हें बताने में क्या एतराज है। चुनाव में मैं और गाँधी नहीं हैं। एक गाँधी परिवार ज़रूर है...

—चुनाव में अपराधी गाँधी के दल में भी हैं। उनको बनाने में चुनाव आयोग को कोई एतराज नहीं है।

—मुझे विनीता और माधवी और दमयंती की चिन्ता सता रही है।

—हमदम, नूतन, साधन को भी उनकी चिन्ता तुमसे अधिक सताती है।

—तो तुम जेल जाओ साधन, नूतन, हमदम के साथ चुनाव पर बहस करने, मैं कंचन और विनीता को देखने जा रही हूँ।

—चलो तुम्हें एयरपोर्ट कॉलोनी तक छोड़ देता हूँ।

•

—ज़रूरत नहीं—नाराज होकर मानसी ने पर्स उठाया, स्कूटर रोका और बिना दंडपाणि की ओर देखे चली गयी।

मानसी को एक लड़की ने रोका। फटी हुई फ्राक, आँखों में मैल, चेहरे पर मार के निशान।

क्या है बेटी! मानसी ने उसकी ओर देखते हुए पूछा।

—मुझे आप अपने पास रख ले मैडम।

—तुम कहाँ तक पढ़ी हो बेटी।

—दर्जा तीन तक। मैडम आपने मुझे पढ़ाया है।

—अच्छा। बहुत अच्छा। सन्तोष, यही नाम है न तुम्हारा।

—हाँ मैडम, मेरे पिता रोज शराब पीकर मुझे और माँ को मारते हैं।

आज चौराहे पर...।

सन्तोष अपनी बात पूरी कह नहीं सकी थी कि एक औरत जिसका रंग साँवला, बड़ी आँखें बिल्कुल नंगी आकर सन्तोष के पास खड़ी हो गयी। मानसी ने बेचैनी से उसे देखा और पहचानने की कोशिश की। अपना शाल उसे उढ़ाते हुए कहा, 'तू कभी मेरे पास आयी थी न।'

—हाँ, मैडम कहते हुए वह फफककर रोने लगी, सन्तोष ने माँ को दोनों बाँहों में भरकर कहा, 'फिर मारा तुझे माँ!'

—हाँ बेटी जहाँ काम करती थी, वहाँ पहुँच गया था...

मानसी ने स्कूटर रोका, सन्तोष और उसकी माँ से कहा, 'मेरे साथ चलो। मेरी सहेली विनीता तुम्हें अपने पास रख लेगी और सन्तोष का नाम स्कूल में लिखवा देगी।'

पालम कॉलोनी में कोने का मकान। बाहर कार खड़ी थी। मानसी ने सोचा डॉक्टर आये होंगे कंचन को देखने, तभी उसकी मोबाइल की घण्टी बजी।

—पहुँच गयी विनीता के घर, दंडपाणि ने पूछा।

—अभी स्कूटर से उतरी हूँ। क्यों क्या हुआ।

—विनीता को हार्टअटैक हुआ है, उसके पति को टैक्सी ड्राइवर ने पकड़कर बैठाया है। अब दोनों अस्पताल में है, तुम्हें याद होगा, बत्रा अस्पताल, जहाँ मेरा भाई...

—हाँ याद है। क्या मैं इसी स्कूटर से बत्रा हॉस्पिटल जाऊँ या घर में देखूँ कौन है। मानसी घर में गयी देखा।

—शुभा तुम!

—दीदी मुझे यहाँ बैठाकर गयी है।

—शुभा यह सन्तोष है और उसकी माँ, इसे एक साड़ी दो, मैं अस्पताल जा रही हूँ।

—आप भी तो दीदी। हार्ट पेशेंट है।

—हूँ शुभा, पर जीवन में इस पर सोचने का वक्त कहाँ है।

कई सँकरी गलियों के बाद मिला बत्रा हॉस्पिटल। सुषमा ने आगे बढ़कर कहा, 'आपकी ही बेसब्री से प्रतीक्षा कर रही थी।'

—तू यहाँ कब से काम करने लगी।

—यह हमदम। साधन या प्रो. नूतन बताएँगी। नवनीत जिस चुनाव बूथ को लूटने गया था, उसके नेता तो बच गये, मारा गया उनका सेवक।

—अभी मुझे विनीता के पास ले चल।

—आपकी खोज में मैं यहाँ खड़ी हूँ। विनीता इंटेंसिव केयर में है।

बाहर लॉन में हमदम, साधन के साथ एक पतली काठी की युवती खड़ी थी, साधन ने आगे बढ़कर कहा, "यह नूतन है, आपकी तरह देश के बिगड़े चेहरों का एलबम लेकर घूमने वाली प्रो. नूतन! मेरी तस्वीर भी जेल से आदिवासियों के बीच तक की इसके एलबम में ही आपको मिलेगी।"

—कुछ दूसरे को भी बोलने दोगे, देखा नहीं मानसी जी के चेहरे पर हवाई उड़ रही है।

—सॉरी डियर, किसी को करीब से देखने की कोशिश ही तो करता रहा हूँ। मानसी जी क्या बात है।

—मैं अपनी सहेली विनीता पर सोच रही हूँ, उसके पति...

—भाभी विनीता मेरी बहन है छोटी और कंचन इनके भाई हैं। दोनों ख़तरे से बाहर हैं। यह ज़रूर अजीब बात है हम अस्पताल में है और नातों का खाता खोल रहे हैं।

मोबाइल पर मानसी ने ईना की आवाज पहचानी, 'हाँ, मैं बत्रा अस्पताल में हूँ। तुम कहाँ।'

—मैक्सिको से पेरिस आयी हूँ...सुना दमयंती भी अस्पताल में है।

मैंने घर फोन किया तो माधवी ने बताया—दिल पर गहरा आघात लगा है माँ को। मैक्सिको में स्वाइन फ्लू में डेढ़ सौ से ज्यादा लोग मरे है।

—मैं पता लगाती हूँ यहाँ स्वाइन फ्लू के मरीज हैं या नहीं। सुषमा, पता लगा बेटी, हार्टपेशेंट दमयंती कहाँ किस रूम में है। और माधवी...

तभी एक टैक्सी रुकी। दंडपाणि पहले उतरा फिर उसने ही माधवी को कन्धे से पकड़कर उतारा। मानसी ने आगे बढ़कर माधवी की पीठ थपथपायी और वह मुँह दबाकर अपना रोना रोक नहीं सकी : माँ।

साधन, प्रो. नूतन, हमदम ने दंडपाणि को घेर लिया : 'क्या हुआ भाई?'

—मेरा घर ठीक दंडपाणि मन्दिर के पास था। जब गणेश चौथ पर लोग लड्डू का पहाड़ चढ़ाते थे तो मैं माँ का हाथ झटककर एक लड्डू उठा लेता था। माँ ने तभी से मेरा नाम ही रख दिया दंडपाणि।

—यानी लड्डू चोर, कहते हुए सब हँस पड़े। सिर्फ मानसी ने कहा, 'चोरी के लड्डू भी बेस्वाद थे इनके।'

—डियर हम बिगड़ी तस्वीरों के एलबम है। लड्डू का स्वाद कौन चख रहा है यहाँ।

—हाँ, ईना भी स्वाइन फ्लू से डरकर मैक्सिको से पेरिस लौट आयी है।

—हाँ, डियर हम सब भाग रहे हैं। अभी अमेरिका ओसामा बिन लादेन की तलाश कर रहा है और जनता डरी हुई है। अमेरिका में न्यूयार्क के ऊपर कम ऊँचाई पर बोइंग 747 विमान देखकर जनता हादसे की आशंका से डरी हुई है। और हम बत्रा अस्पताल में हैं, बेचैन।

—भाभी मैं हमदम हूँ। यह दंडपाणि हर समय दुनिया का नक्शा देखता है और डरे हुए इराक से बत्रा अस्पताल तक उसी विगड़ी तस्वीरों को देखा करता है।

—कुछ दमयंती, विनीता का पता लगाओ हमदम। मानसी ने घबराकर कहा। तभी सुषमा आयी, 'विनीता भी खतरे से बाहर है और दमयंती भी।' बस हमारा दिल अस्पताल की बिगड़ी तस्वीरे खोलता और बन्द कर रहा है। रहते हम दहशत में हैं या अपने को उधेड़ते हैं या बन्द करते रहे हैं।

□□